쓰담쓰담
치유하마
놀이터

BOOK PLAZA

쓰담쓰담
치유하마 놀이터

아오야마 미치코 지음 ┃ 권하영 옮김

BOOK PLAZA

일러두기
본문의 각주는 모두 옮긴이 주입니다.

제 1 화

카나토의 머리

6을 8로 만들었다.

1을 9로 만들었다.

세상이 바뀌었다. 단 몇 초 만에.

나는 빨간 수성펜 뚜껑을 닫았다.

61점이던 영어 점수가 89점이 됐다.

이렇게 현실을 바꿔 써 보니, 이쪽이 진짜 나에게 어울리는 것 같았다. 그러니 괜찮다고 자신을 타일렀다.

내가 이런 바보일 리 없으니까.

작년, 중학교 3학년 여름에 아빠가 "집을 사기로 했어" 라고 말했다.

"신축 아파트야. 카나토도 기쁘지?"

저녁 식사 시간에 그렇게 말하며 웃던 아빠는 평소보다 목소리가 약간 높고 몹시 뿌듯해 보였다. 맥주 거품이 입술 끝에 묻어 있었다. 내 집 마련은 오랫동안 사택 생활을 해온 아빠의 꿈이었다.

아빠는 원래 살던 집에서 전철로 한 시간 정도 떨어진 도심에 있는 역 이름을 말했다. 전자제품 공장을 헐고 남은 부지에 5층짜리 아파트가 새로 건설된다고 엄마가 덧붙여 설명했다.

아빠와 엄마가 결정했다는 그 집은 1층으로, 아파트인데도 정원이 딸린 것이 포인트라고 했다. 생활 원예를 좋아하는 아빠에게 흙을 만질 수 있는 환경은 필수 조건이라 낡은 단독주택을 찾던 중에 그 매물을 만났다고 한다. 역에서도 가깝고 주변에 마트와 음식점도 많은 데다 예산과 입지도 원하는 조건을 충족해서 흠잡을 데가 없다며 두 사람은 기뻐했다.

어드밴스 힐. 그런 거창한 이름을 단 신축 아파트는 3월에 완공될 예정이라, 나는 중학교를 졸업함과 동시에 이사하게 되었다.

나는 원래 교외에 있는 한적한 마을의 공립 중학교에 다녔다. 그리고 스스로 말하기는 민망하지만 우등생이었다.

중학교 생활은 널널했다. 수월했다. 솔직히 그다지 공부한 기억이 없다. 수업만 열심히 들어 놓으면 시험 전에 교과서만 훑어봐도 어디서 문제가 나올지가 대충 보였다. 받은 프린트 과제만 똑바로 제출하면 성적표에 최고 등급이 줄줄이 찍혔다.

수업 중에 몰래 쪽지를 교환하거나 불성실하게 자는 녀석들이 왜 나에게 "머리가 좋다"고 하며 선망이나 질투 따위를 하는지 이해되지 않았다. 그렇게 행동하니까 당연히 성적이 나쁠 수밖에 없지 않나?

도심 근처로 이사할 예정이기도 해서 나는 도쿄 중심부에 있는 고등학교에 지원하기로 했다.

그 학교 입시를 치른 학생은 우리 중학교에 나 말고 아무도 없었다. 면담에서 담임선생님이 "카나토라면 추천으로 들어갈 수 있어"라고 말하는 걸 들은 엄마의 얼굴에 만족스러운 미소가 번지는 걸 보니 나도 기뻤다.

그리고 나는 추천 전형으로 무난히 합격해서 해가 끝나기도 전에 일찌감치 입시에서 해방되었다.

초등학교 때부터 다니던 학원을 그만두고 연말연시에는 만화책을 보거나 게임에 빠져 지냈다. 아빠와 엄마는 내가 아무리 놀아도 잔소리하지 않았고 둘이서 신나게 커튼이나 가구를 보러 다녔다.

졸업이 다가오자, 담임선생님이 나에게 "친구들이랑 떨어져서 아쉽겠다"라고 했지만 나는 아무 느낌도 없었다. 적당히 친하게 지내는 애들은 있었지만, 마음을 터놓을 만한 친구는 없었다. 왠지 모르게 내가 마음 붙일 곳이 없었다고 할까. '말이 통하는' 친구를 만나지 못했다.

떨어져서 아쉽다는 생각은 해본 적도 없고, 나를 그렇게 생각해 줄 누군가가 있을 것 같지도 않아서, 굳이 말하자면 속이 후련했다.

새로운 집, 새로운 생활. 나는 희망을 품고 고등학교에 입학했다. 드디어 대화가 통하는, 나에게 딱 맞는 친구가 생기리라고 기대했다.

하지만 나는 새 학기가 시작되자마자 내가 어느 무리에도 속하지 못한다는 사실을 깨달았다.

외모가 잘나서 반짝거리는 무리와는 섞일 수 없었고, 무턱대고 이론만 내세우는 목소리 큰 애들과는 친해지기 어려웠고, 조용히 참고서만 끼고 사는 공붓벌레들과는 대화가 힘들어서 여기서도 역시 내가 마음 붙일 곳을 찾을 수 없었다. 여기보다는 오히려 중학교 시절의 만사태평한 아이들이 말이 통했던 것 같다.

그리고 무엇보다…, 중간고사를 치고 나서 엄청난 충

격을 받았다.

우선 문제 수가 많았다. 제시간에 다 풀지 못한 과목도 있었다. 꼬아서 낸 문제가 많았고 심지어 수업에서 다루지 않은 내용도 나왔다. 선생님 말씀으로는 '일반 상식으로 알아야 할 것'까지 포함했다나? 대체 그게 무슨 소리일까.

시험이 끝나고 첫 수업 때 시험지를 돌려받았는데, 점수가 하나같이 낮아서 내 자존심은 너덜너덜해졌다. 그로부터 며칠 후, 모든 과목의 점수와 개인 석차가 적힌 가느다란 성적표 조각을 받고는 소스라치게 놀랐다.

42명 중 35등.

지금까지 한 자릿수…, 그것도 거의 3등 안에만 있었기에 정말 깜짝 놀랐다. 그런 숫자는 처음 봤다.

이상하다. 내가 이렇게 바보일 리가 없는데.

그런 숫자를 엄마에게 보여줄 수는 없었다. 어물쩍 넘어가려고 했는데, 역시나 "시험 어땠어?"라는 질문이 날아와서 하는 수 없이 채점한 시험지들만 대충 보여 줬다. 석차가 적힌 성적표를 받았다는 사실은 말하지 않으면 모를 것이다.

시험지에 적힌 점수를 본 엄마의 미간에 깊디깊은 주름이 패자, 나는 저 깊은 밑바닥으로 가라앉는 느낌이라

얼른 이렇게 말했다.

"평균 점수가 낮아."

엄마의 주름이 약간 옅어졌다.

"엄청 어려웠거든. 다들 우는소리를 하더라고."

거짓말이었다. 내가 평균점을 가까스로 넘긴 과목은 제일 잘하는 영어뿐이었고, 다른 과목들은 평균에도 미치지 못했다.

"처음에는 다 그렇지!"

아빠가 수습하듯 말했다. 그리고 대형마트에서 사온 비료로 화제를 돌려 준 덕분에, 엄마는 나에게 시험지를 돌려주고 아빠와 대화를 시작했다.

아빠는 나를 구해 주려고 한 것이 아니라 그러거나 말거나 개의치 않는 것이다. 옛날부터 내 성적에…, 아니, 나에게 그다지 관심이 없어 보였고 늘 빙글빙글 웃으면서도 딱히 칭찬하지 않았다. 아무튼 일단은 대화 주제가 바뀌어서 다행이었다.

기말고사 때 열심히 하면 된다고 생각하면서도, 그때 이후로 나는 완전히 의욕을 잃고 말았다.

큰일이다. 이미 다른 아이들과 어마어마하게 격차가 벌어졌으니 이제 와서 따라잡기는 무리다. 중학생 때처럼 수업만 들으면 끝나는 정도가 아닌 것 같다.

그런데 수업에서도 수준 차이를 느꼈다. 진도가 빨라서 선생님이 나를 지목해서 물어보면 답하지 못할 때가 많았다. 입을 꾹 다문 나를 기다리다 지쳐서 선생님이 다음 학생을 지목했다. 그 아이가 답을 술술 늘어놓으면 나는 정말 사라지고 싶어졌다.

그런 마음으로 공부에 집중하지 못한 채 그저께 기말고사를 마쳤다.

나는 머리를 쥐어뜯었다. 중간고사보다 더 못 본 것 같았다. 나만 빼고 모두 천재로 보였다. 다들 표정이 여유로웠다.

저번처럼 석차가 적힌 성적표가 나오기를 기다리는 며칠이 고등학교 합격 발표 때보다 무서웠다.

어제 영어 수업 시간에 돌려받은 시험지.

61점. 평균 점수는 62점이었다. 유일하게 잘하는 과목마저 끝내 평균점을 넘기지 못했다. 경악하거나 낙담했다기보다는 어안이 벙벙해서 몸이 움직이지 않았다.

집에 들어가니, 엄마가 바로 "시험 결과는 언제 나와?"라고 물어서 당황했다. 중간고사 때는 내가 보여 주지 않고 버텨서 이번에는 일찌감치 재촉하기로 했나 보다.

그래서 나는 내 방에서 빨간 펜을 손에 들었다.

6을 8로 만들었다.

1을 9로 만들었다.

"영어만 돌려받았어" 하며 점수가 적힌 부분만 휙 보여 줬다.

89점이 적힌 시험지.

"평균은 62점이었어."

분명하게 그렇게 말했다. 그 말은 거짓이 아니라서 목소리가 당당했다.

엄마는 눈웃음을 지으며 말했다.

"역시 대단하네, 카나토! 노력했구나."

"그렇지, 뭐."

그렇게 대답했지만, 쓴 약을 먹은 것처럼 입안이 얼얼했다.

나는 속으로 외쳤다. 왜, 왜?

왜 나는 바보가 돼 버렸을까…?

학교에서 출발해 집 근처 역에 도착했을 때, 곧바로 집에 갈 마음이 들지 않아서 길을 조금 멀리 돌았다.

대로를 벗어나서 뒷골목을 지나 주택가에 들어갔다. 죽 늘어선 집들 사이, 세월이 느껴지는 독채 1층에 작은 가게가 있다. 붉은 차양에 '선라이즈 세탁소'라는 글자가 하얀색으로 적혀 있었다. 가게 앞에는 음료수 자판기가 있었고, 전면이 유리로 된 가게 안에서는 형광등이 번쩍였다.

그 앞을 지나가는데, 아파트 단지들이 나를 맞았다. 오래된 베이지색 건물에 저마다 숫자가 크게 붙어 있다. 곧 저녁인데도 베란다 난간에는 아직 걷지 않은 이불이 널려 있었다.

좁은 산책길을 빠져나가자, 단지에 둘러싸인 작은 놀이터가 보였다. 입구에는 '해돋이 공원'이라고 새겨진 회색 석판이 있었다.

자갈이 깔린 놀이터에는 좁기는 해도 매우 놀이터다운 아이템들이 갖춰져 있었다. 그네, 미끄럼틀, 모래밭, 벤치.

나 말고는 아무도 없다. 벤치에서 잠깐 쉬려고 안쪽으로 들어가 보니, 구석에 있는 동물 같은 형체가 눈에 들어왔다.

하마였다. 그것도 덩그러니 한 마리뿐인 하마.

그냥 올라타는 용도로 만들어진, 평범한 동물 모형이었다. 갈색에 가까운 칙칙한 주황색, 그나마도 군데군데 칠이 벗겨졌다. 콘크리트가 드러나서 얼룩덜룩한 회색이지만, 하마라서 이상하지는 않다.

커다란 타원형 눈은 살짝 위로 치켜떴고, 검은자는 부

분적으로 벗겨져서 어쩐지 만화처럼 울먹이는 듯 보였다. 옆으로 길게 씨익 늘인 입의 끝은 올라갔다. 위로 솟은 콧구멍은 봉긋한 언덕 꼭대기에 하나씩 멀찍이 자리하고 있어 몹시 어벙한, 기가 차도록 만사태평한 얼굴이었다.

다가가서 자세히 보니 뒤통수에 굵고 검은 매직으로 '바보'라고 낙서가 되어 있었다. 하마라서 바보라니, 수준 낮은 욕이다.(일본어로 하마는 '카바', 바보는 '바카'라서 하마를 거꾸로 말하면 바보가 된다 - 옮긴이 주)

거칠게 휘갈긴 낙서에 마음이 아팠다.

하지만 그 하마는 바보라고 적혀 있는데도 웃는다. 뒤통수라 자기 눈에는 보이지 않아서 그런가. 누군가가 그렇게 욕하는 걸 모르는 걸까.

나는 어쩐지 서글퍼져서 그 '바보'를 손가락으로 벅벅 문질렀다. 유성 매직으로 적었을 그 글자가 그 정도로 지워질 리 없었다.

책가방에서 필통을 꺼내 지우개로 지워 봤지만 역시 소용없었다. 지우개 가루가 푸슬푸슬 일어날 뿐, 바보는 변함없이 끈질기게 그 자리에 붙어 있었다.

이쯤 되니 무슨 수를 써서라도 그 낙서를 없애 주고 싶어졌다. 바보라는 낙인이 찍힌 채로 꼼짝도 못 하는 하마가 자기 자신과 겹쳐 보였다.

이 도료와 비슷한 색을 위에 덧칠하면 되지 않을까. 중학생 때 프라모델에 사용하던 주황색 도료가 집에 남아 있을 것이다.

"내일 가져올게."

나는 소리 내어 하마에게 말을 걸었다.

땅딸막하고 오동통한 하마가 나를 올려다보았다. 눈에 눈물이 그렁그렁한 채로 히쭉 웃으면서.

이튿날에도 나는 학교를 마치고 공원으로 직행했다. 책가방에는 주황색 도료가 들어 있었다.

공원에 들어와 보니 먼저 온 손님이 있어서 놀랐다. 교복을 입은 여자아이가 기운차게 그네를 타고 있었다. 하얀 블라우스 가슴께에 흔들리는 하늘색 리본을 보고 나와 같은 고등학교란 걸 알아차렸다.

먼 곳을 바라보면서 볼을 빨갛게 물들인 채 살짝 미소를 띤 표정. 그 얼굴이 낯익었다.

같은 반인 시즈쿠다. 대화해 본 적도 없어서 성밖에 기억나지 않는다. 하지만 적갈색 곱슬머리가 퍽 눈에 띄고 히스키한 큰 목소리도 튀어서 인상에 남았다.

걸음을 돌리려고 한 순간, 시즈쿠다가 이쪽을 휙 돌아

봐서 눈이 마주치고 말았다. 어째서인지 시즈쿠다는 활짝 웃었다. 마치 오래전부터 친하게 지낸 사이처럼.

잠깐 두근거렸다. 그래서 자리를 뜰 수 없게 된 나는 고개만 작게 꾸벅했다.

시즈쿠다는 여유롭게 그네를 멈추고 앉아서 말했다.

"미야하라 카나토잖아!"

또 두근거렸다. 내 풀 네임을 제대로 기억할 줄은 몰랐다.

"왜 이런 데 있어? 어? 집이 이 근처야?"

"아…, 응. 어드밴스 힐이라는 아파트야."

"아, 나 알아! 고지대에 새로 생긴 아파트지? 그랬구나, 거기 사는구나."

시즈쿠다는 그네에서 폴짝 뛰어내리더니 내 쪽으로 걸어왔다. 나도 덩달아 다가갔다.

"나는 어릴 때부터 저쪽 단지에 살았어. 6호동."

그녀가 가리킨 6호동 건물은 공원과 맞닿아 있었다. 무슨 이야기를 하면 좋을지 몰라서 나는 "그네 좋아해?"라고 얼뜨기 같은 질문을 던지고 말았다.

시즈쿠다는 진지한 표정으로 허공을 보았다.

"으음, 뭐라고 할까. 방전과 충전? 여러모로 꽉 막혀 버릴 때가 있거든."

방전과 충전?

무슨 말인지 이해되지 않아서 대답을 망설이는데, 시즈쿠다가 공원 구석으로 몸의 방향을 바꾸었다.

"치유하마~!"

시즈쿠다는 키우는 개나 고양이를 대하듯 그렇게 부르면서 하마에게 다가갔다.

"치유하마?"

내가 묻자, 시즈쿠다가 고개를 끄덕였다.

"응. 얘 이름."

시즈쿠다는 내 쪽으로 고개를 돌렸다.

"이 하마는 대단해. 상처든 질병이든, 몸에서 낫고 싶은 부분과 똑같은 데를 만지면 회복된다는 소문이 있어."

놀랐다. 이 볼품없는 하마에게 그런 영험함이 있었다니.

시즈쿠다가 검지를 척 세우며 말했다.

"치유하는 하마니까 치유하마."

시즈쿠다의 말에 나는 하, 하고 숨을 뱉었다. 재미있어서가 아니라 허탈해서였다.

시즈쿠다는 태연하게 말했다.

"이 주변에만 도는 도시 전설 같은 거야. 난 어디선가 들어서 어릴 때부터 알고 있었어, 선라이즈 세탁소의 할머니도 치유하마의 허리를 만져서 탈장이 나았대."

선라이즈 세탁소. 방금 지나온 거기인가.

나는 공원을 가볍게 둘러보았다.

그늘진 해 질 녘 공원에는 아무도 없었다. 내 의아한 표정을 눈치챘는지 시즈쿠다는 고개를 돌렸다.

"뭐, 딱히 유명하지는 않아. 아무래도 과학적인 근거도 없고, 이런 평범한 공원에 있는 시시한 하마니까."

확실히 그쪽 분야에서 명성을 얻기에는 하마도 그렇고 장소도 그렇고 화려함이 부족하다. 굳이 여기에 찾아와도 즐길 만한 것이 없다.

하지만…, 솔깃했다.

나는 바보 같은 나를 고치고 싶었다. 전처럼 '머리가 좋다'는 말을 듣고 싶었다.

시즈쿠다는 치유하마 앞에 쪼그려 앉았다. 예전부터 이 동네에서 산 그녀에게 치유하마는 아주 익숙한 존재일 것이다.

"예뻐지게 해 주세요."

치유하마의 얼굴을 쓰다듬으면서 시즈쿠다가 말했다.

"그런 데에도 효과가 있어?"

그건 '회복'이 아니라 '기원' 아닌가. 내가 그런 생각을 가슴속에 묻으며 말하자, 그 속뜻을 읽었는지 시즈쿠다가 일어나서 주먹을 쥐며 외쳤다.

"내가 어릴 때 엄청 귀여웠거든. 네 살 때 엄마랑 길을 가다가 모델 기획사에서 스카우트 제의를 받았을 정도야."

"그래…?"

"진짜 그랬다니까! 지금은 이런 꼴이지만…."

시즈쿠다는 입술을 삐죽이며 고개를 숙였다.

이런 꼴이라니…. 이렇게 제대로 보니 꽤 귀여운데.

내가 재차 가슴속에 묻은 그 생각은 그녀가 읽지 못했을 것이다. 시즈쿠다는 치유하마의 뺨을 쓰다듬었다.

"얼굴 복원, 잘 부탁해, 치유하마!"

나도 장단을 맞춰서 치유하마의 머리에 손을 댔다.

"두뇌 복원, 잘 부탁해, 치유하마!"

"두뇌?"

시즈쿠다가 재미있다는 듯 웃었다. 분위기가 부드럽게 풀어져서 나는 오랜만에 마음이 편했다.

그리고 지금까지 엉켜 있던 실이 스르륵 풀린 것 같아 생각하고 있던 것을 입에 담았다.

"중학생 때는 비교적 성적이 좋았거든. 중간고사를 너무 못 봐서 스스로 놀랐어. 기말고사도 어려웠으니까 정말로 자신 없어. 지리는 범위도 너무 넓었어."

"나도 지리 엄청 못해. 무작정 외우는 게 힘들어. 나는 굳이 따지자면 이과 쪽이거든. 입학식 날 우리 담임인 야시로 선생님이 지리라길래 뜨악했어."

시즈쿠다가 얼굴을 찌푸리며 말했다.

편안하게 말이 통하는 아이가 드디어 나타났다. '공부를 못한다'는 주제로 뭉치는 건 내가 이상적으로 여기던 형태와는 조금 다르지만.

"근데 카나토, 너는 영어 잘하잖아? 발음이 엄청 좋던데."

그건 그렇다…. 하지만….

"근데 요전에 본 중간고사 때는 반에서 5등 안에도 못 들었어. 중학생 때는 항상 1등이었는데."

그렇게 말해 버린 순간, 바로 쥐구멍을 찾고 싶을 만큼 창피했다.

이 무슨 대단한 허세인가. 마치 중간고사에서 6등이나 7등이었다는 듯한 말투 아닌가. 꼴사납다. 시즈쿠다에게 있어 보이려고 과거의 영광에 기대어 우등생인 척하다니.

꼴불견인 나에게 정이 떨어지지 않았을까 긴장했지만, 시즈쿠다는 신경 쓰는 기색 없이 "나는 10등 안에도 못

들었어!" 하며 쾌활하게 웃었다.

그리고 치유하마의 등에 앉았다. 치마에서 뻗어 나온 다리가 눈부셔서 나는 눈을 피했다.

시즈쿠다는 머리카락 끝을 만지면서 혼잣말처럼 말했다.

"등수 매기는 거, 진짜 잔인해. 한 반에 소속된 마흔두 명이 동시에 똑같은 일을 하면 누군가는 42등일 수밖에 없잖아. 매번 반드시 있어. 지울 수가 없어, 그 자리는."

35등이라는 결과를 받았을 때.

나는 아주 잠깐 생각했다. 내 뒤에 일곱 명밖에 없다고. 하지만 아직 일곱 명은 있다고. 아직 꼴등은 아니라는 사실에 조금 안도했다.

하지만 이번에는 어떨지 모른다. 그 지울 수 없는 42번째 자리에 내가 앉을지도 모른다.

시즈쿠다는 이어서 말했다.

"하지만 등수는 언제나 좁은 세상에서만 적용되는 거야."

나는 치유하마의 머리 옆에 서서 시즈쿠다를 보았다.

언제나. 그 말이 왠지 가슴을 찔렀다.

"예를 들어 육상 올림픽 선수들은, 거기 출전하는 것만으로도 엄청 대단하잖아. 하지만 진짜, 진짜로 세계 1

위냐 하면 그건 알 수 없어. 전파가 닿지 않을 정도로 외진 산골에 사는 소년이 더 발이 빠를 수도 있어."

"그게 어느 나란데?"

"몰라. 그냥 상상이야. 근데 그 소년은 그냥 달리기가 좋아서, 너무 좋아서 경쟁 같은 건 신경 쓰지 않아. 칭찬 받지 않아도, 유명해지지 않아도."

나는 시즈쿠다의 상상을 좇아서 그 소년을 머릿속에 그려 보았다. 반라에 맨발로 매일 야산을 뛰어다니는, 그런 민첩한 소년이 정말로 어딘가에 있을 것 같았다.

소년은 그저 달릴 뿐이다.

자신이 세상에서 가장 발이 빠른 사람임을 모른 채로. 애초에 그런 명예를 추구하지 않으며.

문득 유명한 만화에 그런 캐릭터가 있던 것이 떠올랐다.

《블랙 맨홀》이라는, 애니메이션으로도 만들어진 만화다. 하수도에 사는 괴물 이야기인데, 거기에 테라라는 엄청나게 발이 빠른 캐릭터가 나온다. 그는 누군가와 경쟁할 마음 없이 무심하게 엄청난 속도로 달린다.

"테라 같다. '블맨'에 나오는."

"블맨? 아, 만화 《블랙 맨홀》? TV에서 애니메이션 해서 아는데, 읽어 본 적은 없어. 재미있어 보이더라."

시즈쿠다는 그렇게 말하면서 손목시계를 확인했다.

"나는 알바 시간이 돼서 이만 가야겠다."

"알바 해?"

"응. 오코노미야키 닛코라는 가게에서. 재미있어."

우리 학교는 아르바이트를 금지하지 않지만, 하려면 학교에 보고해야 한다.

시즈쿠다는 그런 식으로 적당히 놀고 아르바이트도 하면서 고등학교 생활을 즐기고 있는 모양이다.

시즈쿠다가 일어서다가 치유하마의 뒤통수에 시선을 던지고는 "아!"라고 소리를 높였다.

"너무해. 바보라고 쓰여 있어."

나도 같이 그 글자를 들여다보았다.

"맞아. 문질러 봤는데 유성펜인지 안 지워지더라. 위에 덧칠을 해보려고 프라모델에 쓰는 도료를 비슷한 색으로 가져와 봤어."

나는 책가방에서 도료를 꺼냈다. 투명한 병 안쪽에 보이는 그 주황색은 치유하마와 비교해 보니 너무 밝았다. 이걸 칠하면 오히려 그 부분만 튈 것 같았다. 게다가.

"…위에 덧칠해 봤자 그 밑에 바보라고 적힌 건 그대로 일 테니까 좀 슬프다."

나는 그렇게 말하며 도료를 집어넣었다.

지우는 것과 가리는 것은 다르다. 그런 식으로 어물쩍 넘어가도 없었던 일이 되지는 않는다.

시즈쿠다가 고개를 갸웃했다.

"매니큐어 지우는 아세톤으로 지워지려나. 다음에 가져올까?"

"그러다가 밑에 칠해진 도료도 지워질지 몰라. 이 이상 벗겨지면 불쌍하잖아."

"그렇겠다. 안 그래도 사람들한테 마구 만져지다가 혼자 남았는데."

시즈쿠다가 치유하마를 쓰다듬었다.

자기 소원을 이루기 위해 한 행동이 아니라 치유하마를 향한 분명한 애정이 담긴 행동이었다.

착한 애구나.

그렇게 생각하는데, 시즈쿠다가 갑자기 고개를 들고 내 생각을 그대로 따라 읊듯이 "카나토, 착한 애구나"라고 말했다. 순간 내 마음은 확 밝아졌고 입에서 자연스레 말이 흘러나왔다.

"…《블랙 맨홀》 빌려줄까?"

시즈쿠다가 "정말?!" 하며 눈을 반짝였다.

현재까지 출간된 《블랙 맨홀》의 단행본을 나는 전부 갖고 있다. 스무 권이 넘으니 몇 권씩 나눠서 빌려주기로 했다. 우선은 주말에 읽을 수 있도록 금요일인 내일 다섯 권을 가져다주겠다고 약속했다.

"그래도 돼? 와아, 기대된다."

시즈쿠다는 가볍게 발을 구르며 웃었다.

나야말로 발장단을 치며 기뻐하고픈 기분이었다.

시즈쿠다는 내 친구가 되어 줄지도 모른다. 고등학교에 들어와서 처음으로.

집에 들어가다가 아파트 공동현관에서 한 가족을 만났다.

다섯 살쯤 된 여자아이와 아이의 엄마였다. 몇 번 마주친 적이 있는 이 아파트 주민이었다.

아이 엄마가 나에게 "안녕하세요" 하며 가볍게 미소로 인사했다.

"미즈호, 똑바로 인사해야지."

미즈호라고 불린 여자아이는 나를 향해 꾸벅 고개를 숙였다.

"안녕하세요."

"아, 안녕하세요."

나도 두 사람에게 고개 숙여 인사했다.

미즈호는 피아노 건반이 그려진 토트백을 들고 있었

다.

피아노 교실에서 돌아오는 길인가 보다. 아이 엄마가 엘리베이터 쪽으로 가며 "열심히 연습한 덕분에 오늘 잘 치던데?"라고 말하는 소리가 들렸다.

1층에 사는 나는 그대로 복도로 향했다.

옛날 생각이 난다.

나도 저렇게 토트백을 들고 유치원 졸업반 때부터 영어 회화 학원에 다녔다. 물론 가방에는 건반 대신 'HELLO ENGLISH'라는 글자가 인쇄돼 있었다.

엄마가 권유했는지, 내가 가고 싶다고 했는지는 기억나지 않는다.

주상복합 건물의 한 호실을 사용하던 아동 대상의 그 학원은 한 반에 학생 다섯 명쯤으로 구성된 소수 인원제였고, 캐나다 사람인 알렉 선생님이 가르쳤다. 서글서글하고 밝은 남자였다. 나는 알렉 선생님을 정말 좋아했다.

단어는 철자가 아니라 발음부터 먼저 외웠다. 귀로 익힌 영어로 대화하거나 노래를 불렀고, 알렉 선생님은 여럿이서 신나게 떠드는 자리를 우리에게 제공했다.

낮은 테이블에 둘러앉아서, 가끔은 테이블마저 방구석에 밀어 놓고서.

근육질인 알렉 선생님은 팔을 걷어 올려서 알통을 만

들었고, 우리는 자주 그 늠름한 팔에 매달려서 까르르까르르 소리 높여 웃었다. 손가락은 울퉁불퉁했지만, 그는 우리의 머리를 쓰다듬거나 손을 잡아 줄 때 정말 소중한 것을 다루듯 다정하게 만졌다.

알렉 선생님은 일본어를 할 줄 몰랐다. 지금 생각해 보면 거짓말이었을지도 모른다. 못하는 척해 달라는 요청을 받았을지도.

어쨌든 알렉 선생님이 일본어를 모른다고 믿었던 나는 그와 친하게 지내려면 영어를 할 수밖에 없었고 그가 하는 말을 이해하려면 귀를 기울일 수밖에 없었다.

나는 몇 안 되는 영단어를 연결해서 알렉 선생님과 적극적으로 소통하려고 애썼다. 리액션이 엄청나게 풍부했던 알렉 선생님은 내가 하는 모든 말이 감동적이라는 듯 눈을 빛내며 반응해 주었다.

그는 모든 아이에게 평등했다. 누군가가 이야기하는 와중에 다른 아이가 장난으로 방해하면 따끔하게 혼냈다. 그리고 틈만 나면 이렇게 말하며 한 명 한 명 안아 주었다.

"Everyone is so amazing! You, You, You too!"

다들 징말 훌륭해! 니도, 니도, 니도!

하지만 1년 후, 알렉 선생님은 캐나다로 돌아갔다.

나는 초등학생이 되면서 그 학원 대신 초등학생과 중학생을 대상으로 하는 영어 학원에 다니게 되었다. 영어를 계속하고 싶다고 했더니 엄마가 근처에 있는 학원을 알아봐 준 것이다.

그곳은 쉽게 말하면 '보습 학원'이었다. 교실에는 책상과 의자가 즐비했고, 일본인 선생님이 화이트보드 앞에 서서 수업했다.

매번 쪽지 시험이 있었다. 시험에 나오는 영단어를 외워 가야 했고 범위도 매번 새로 정해졌다.

뭐야, 너무 쉽잖아. 나는 그렇게 생각했다.

알렉 선생님에게 하고 싶은 말을 어떻게 전할지 열심히 고민하던 때에 비하면 아무것도 아니었다. 당장 앞에 있는 내용만 머리에 집어넣으면 되니까.

나는 매번 만점을 받았다. 알렉 선생님에게 배운 내 영어 발음은 그 학원 선생님도 칭찬했다.

알렉 선생님 대신 엄마가 이렇게 말해 주었다.

"카나토, 대단하다! 노력했구나."

나는 단순히 그게 기뻤다. 그래서 성실하게 단어를 외우고 문법을 이해하고 스피치 대회에서 좋은 성적을 거뒀다.

기뻐하며 칭찬해 주는 엄마 얼굴을 보고 싶어서.

이튿날, 2교시 수학 시간에 시험지를 돌려받는 시간이 있었다. 46점. 평균 점수는 52점.

이제 나는 놀라지도 않았다. 열등생이라는 낙인이 눈앞까지 들이닥쳤다.

5교시는 지리 수업이었다. 시험지에 적힌 숫자는 57점.

"평균 점수는 64점이다."

야시로 선생님이 말했다.

다행이다. 수학과 지리 모두 일단 낙제는 면한 것 같다. 안심하는 한편, 낙제를 기준으로 일희일비하는 자신이 우스웠다.

낙오자가 다 됐구나, 미야하라 카나토.

"출제 범위가 좀 넓었지? 하지만 대학교 입시는 이보다 더하니까 연습이라고 생각해."

대학교 입시를 대비한 연습.

그 말을 들으니 새삼 그랬지 싶었다. 의문도 들지 않았다.

지금까지 난 고등학교 입시를 위해 공부해 왔었는데 이번에는 대학교 입시에 대비해야 하나 보다.

이제는 내가 대학교에 들어가고 싶은지조차도 모르겠다. 나는 왜 공부하는 걸까?

야시로 선생님이 분필을 들고 등을 돌렸다.
1등부터 3등까지의 점수만 칠판에 적혔다.

1등 97점
2등 96점
3등 88점

이름은 공개되지 않는다. 1, 2, 3등인 본인만 자신의 점수임을 안다. 우리가 알 수 있는 것은 그저 저런 대단한 애가 이 반에 있다는 사실뿐이다.
중학생 때 나는 저쪽에 있었는데.
하지만 이제는 어쩔 수 없다. 나는 나에게 어울리지 않고 괴로운 '좁은 세상'을 선택하고 말았다.
지금부터는 이 위치에서 살아갈 것이다. 낙제점을 받지 않는 정도로만, 낙제를 면하는 정도로만.
그렇게 생각하니 마음이 조금 편해졌다.
아르바이트나 해볼까. 시즈쿠다가 오코노미야키 가게에서 일하는 게 재미있다고 했었고, 편의점이나 햄버거 가게에서도 자주 모집하는 것 같았다.
조금 더 고등학교 생활을 즐기는 것도 좋지 않을까.
공부를 잘하는 것만이 전부는 아니지 않을까.

시즈쿠다 같은 친구가 있으면 꽤 즐겁게 지낼 수 있을 것 같고, 어차피 낙오자라면 낙오자 나름대로 만사태평한 학교생활을 보내도 되지 않을까.

멍한 머리에 야시로 선생님의 목소리가 울렸다. 시험지를 돌려받는 날이면 어느 과목이든 수업 시간에 답을 맞춘다.

파란 볼펜을 쥐고 선생님이 불러 주는 대로 정답을 적어 간다. 잘못된 답 옆에, 아무것도 적지 못한 빈칸에.

수업이 끝날 때쯤 시즈쿠다가 교탁으로 향했다.

그러곤 야시로 선생님과 무어라 작은 소리로 대화했다.

"솔직한 녀석이네."

야시로 선생님이 웃으며 빨간 펜으로 무언가를 적었다.

그리고 다시 칠판으로 몸을 돌리더니 칠판지우개와 분필로 내용을 정정했다.

1등 96점

2등 95점

3등 88점

어? 라고 목소리를 흘릴 뻔했다.

시즈쿠다는 태연한 얼굴로 자리에 돌아갔다. 손에는 시험지를 들고 있었다.

바로 알았다.

2점짜리 문제를 틀렸는데 맞은 것으로 되어 있어서 그녀는 그 사실을 솔직하게 선생님에게 알렸다. 97점이 95점이 되었다.

나뿐만 아니라 이 반에 있는 모든 학생이 알아차렸을 것이다.

기말고사 때 우리 반에서 지리 2등을 한 사람은 시즈쿠다라는 사실을.

방과 후, 시즈쿠다가 내 자리로 왔다.

"《블랙 맨홀》 가져왔어?"

밝고 해맑은 표정.

나는 시즈쿠다를 똑바로 쳐다볼 수 없었다.

만화책 다섯 권이 든 종이가방을 내밀었다. 웃을 수 없었다. 그 공원에서 만났을 때처럼 대할 수 없었다.

시즈쿠다가 만화를 받으면서 살짝 고개를 갸웃했다.

"어? 왜 그래?"

"…아니."

나는 억지 미소를 지으며 말했다.

"머리가 좋았구나 싶어서."

어안이 벙벙한 시즈쿠다를 향해 나도 모르게 비꼬는 듯한 말이 튀어나왔다.

"95점이라니 대단하잖아. 정정하지 않고 가만히 있었으면 1등이었을 텐데."

"아아, 그거."

담백한 대답에 욱하고 화가 치밀었다.

공부를 잘하면서 못하는 척했잖아. 나를 바보 취급했지?

가끔 있지, 그런 애들. 매일 노는 척하면서 상대를 방심하게 하고 약삭빠르게 시험은 잘 보는. 그러면서 성실함도 어필하고.

미처 억누르지 못해서, 시비 거는 말투가 나와 버렸다.

"지리, 엄청 못한다며?"

"못해."

시즈쿠다는 아무렇지도 않게 말했다.

"못하니까 엄청 엄청, 엄청 공부했어."

시즈쿠다의 눈이 나를 꿰뚫었다. 그리고 그녀는 이렇게 덧붙였다.

'누군가를 이기고 싶었던 게 아니라, 내가 노력하고 싶

었어.'

그 말이 쿵 하고 가슴을 쳤다.

나는 할 말을 잃고 시즈쿠다를 보았다.

시즈쿠다는 힐끔 눈을 돌리더니 내 대답을 기다리지도 않고 "그럼 안녕" 하며 재빠르게 사라졌다. 맞은 가슴이 얼얼해서 나는 한동안 멍하니 그 자리에 서 있었다.

공원으로 향하는 발걸음이 무거웠다.

지금의 나에게는 불평을 들어 줄 사람이 없다. 마음이 따스해지는 치유하마의 모습이라도 보고 싶었다. 부디 머리 좋은 나로 돌아가게 해 달라고 소원을 빌고 싶었다.

대화를 이어가지 않고 잽싸게 하교하던 시즈쿠다의 뒷모습이 뇌리에 박혀 떠나지 않았다.

그녀에겐 이제 나와 대화할 마음도 없다는 뜻이리라. 내가 그렇게 기분 나쁘게 말했으니 당연하다.

하지만, 그래도, 이렇게 될 줄은….

꺼림칙한 마음을 안고 걷는데, 땀이 배어 나왔다. 7월도 중순에 접어들었고, 오늘은 특히나 덥다.

목이 말랐다. 마침 선라이즈 세탁소의 차양이 보여서 자판기 앞에 섰다.

동전 투입구에 100엔 동전을 두 개 넣고 칼피스 워터

버튼을 눌렀다. 덜컹하며 페트병이 상품 출구로 떨어졌다. 동시에 거스름돈이 떨어지는 경쾌한 소리도 가볍게 울렸다.

"…어?"

칼피스 워터는 150엔이다. 그런데 거스름돈을 꺼내려고 반환구에 손가락을 넣어 보니 동전이 두 개였다.

50엔짜리 동전 두 개.

앞사람이 깜빡하고 챙기지 않았나 보다. 나는 그 동전 두 개를 손바닥에 올렸다.

땡잡았다.

이대로 지갑에 넣어 버리면 아무도 모를 것이다. 50엔 정도면 깜빡한 사람도 딱히 곤란해지거나 상처받지 않을 거다.

지갑을 열려고 하다가 문득 시즈쿠다가 떠올랐다.

97점을 95점으로 자진해서 정정했다.

말하지 않았으면 그 누구도 몰랐을 일이다.

1등을 지킬 수 있었을 것이다.

—누군가를 이기고 싶었던 게 아니라, 내가 노력하고 싶었어.

"못 당하겠다…"

나는 50엔짜리 동전을 하나만 지갑에 넣고 다른 하나

는 손에 쥐었다.

비어 있는 손으로 칼피스 워터를 들고 꿀꺽꿀꺽 마셨다. 잠시 고민하다가 유리문 너머로 선라이즈 세탁소를 들여다보았다.

비닐로 싼 옷들에 파묻힌 것처럼 카운터 너머에 할머니가 혼자 앉아 있었다. 희끗희끗한 백발의, 보기 좋게 깔끔한 쇼트 헤어였다. 시즈쿠다가 말한, 치유하마의 허리를 만져서 탈장이 나았다는 할머니일지도 모른다.

나는 문을 열었다. 할머니가 고개를 획 들었다.

"실례합니다. 저 자판기에 앞사람이 거스름돈을 놓고 간 것 같아요."

그렇게 말하며 50엔짜리 동전을 내밀자, 할머니는 "어어?"라고 얼빠진 소리를 냈다.

그리고 나를 머리부터 발끝까지 유심히 훑어보다가 50엔짜리 동전을 받고는 이렇게 말했다.

"미후유랑 같은 학교야?"

"네?"

"시즈쿠다 미후유."

할머니는 자신의 목 언저리를 손가락으로 톡톡 두드렸다. 내 셔츠에 달린 학교 마크를 가리키려는 의도였다.

"아, 네. 맞아요."

"그 집 가족이 옛날부터 우리 단골이거든. 미후유, 애가 참 착하지?"

"…네."

"아르바이트도 열심히 하고."

"그런 것 같았어요."

이야기가 길어질 듯했다. 적당히 흘려듣고 가게를 나서려고 하자, 할머니가 50엔짜리 동전을 서랍에 넣으면서 말했다.

"그 아이, 형제자매가 합쳐서 여섯이야."

여섯?

나도 모르게 눈이 휘둥그레졌다. 그렇게나 대가족이었다니.

"고등학교에 들어가는 돈은 가능한 한 자기가 벌겠다고 했대. 기특한 것. 아르바이트 때문에 성적이 나쁘다는 소리는 듣기 싫다고 공부도 필사적으로 해. 그 좁은 아파트에 자기 방도 없는데 참 열심이야."

한 대 맞은 기분이었다.

그게 뭐야. 너무 대단하잖아….

여러 감정이 마구 섞여서 뒤죽박죽이었다. 시즈쿠다를 향한 경의와 질투. 스스로를 향한 짜증과 자기방어.

가게 문이 열리고 큰 종이가방을 든 여자가 들어왔다.

머리를 땋아 하나로 묶은 그 사람에게 할머니가 "어서 오세요"라고 목소리를 높였다. 손님이다.

말없이 나는 가게를 나왔다.

경망스럽게 '두뇌 복원' 따위를 치유하마에게 부탁할 기분이 아니었다. 나는 온 길을 그대로 돌아서 공원에 들르지 않고 집으로 갔다.

집 문을 열어 보니 아무도 없어서 나는 조용히 신발을 벗었다.

거실 테이블 위에 메모지가 있었다.

「카레 데워 먹어. 냉장고에 샐러드도 있어.」

맞다. 엄마는 오늘 친구와 연극을 보러 간다고 했다.

나는 크게 한숨을 쉬었다.

일단 오늘은 엄마와 시험 이야기를 하지 않아도 된다.

나는 편한 옷으로 갈아입고 스마트폰으로 배틀 게임에 몰두했다. 싸우고 싸우고 싸워서 적을 물리치고 점수를 얻었다. "제기랄"이나 "이 자식이!"라고 작게 외치면서 정신없이 손가락을 움직였다.

완전히 밤이 되니 배가 고파져서, 카레와 샐러드를 먹

고 소파에 기댔다.

어쩐지 지쳤다. 뭔가 재미있는 일이 없을까.

눈을 감자 갑자기 수마가 몰려왔다.

살짝 잠이 들려는 순간에 나는 산속 소년을 생각했다. 그저 달리고 싶어서 달린다면 얼마나 기분이 좋을까. 나는 대체 뭘 하고 싶은 것일까. 누가 가르쳐 줬으면 좋겠다.

그리고 그대로 빨려들 듯 잠들었다가 눈을 떠 보니 아빠가 테이블 앞에 앉아 있어서 깜짝 놀랐다. 아빠가 돌아온 걸 전혀 눈치채지 못하고 두 시간 정도 숙면한 것 같다.

"아, 오셨어요?"

"어어. 잘 자더구나."

이제 보니 내 어깨에 담요가 덮여 있었다. 아빠가 덮어 줬나 보다.

"저녁은 먹었니?"

"응. 아빠는?"

"먹었고말고."

의자에 앉은 아빠는 등을 구부리고 눈에 힘을 주면서 테이블 위에서 수작업을 했다. 나는 소파에서 일어나 그리로 다가갔다. 아빠의 손 쪽을 보니, 새나 다람쥐 같은 모양의 판에 가느다란 유성펜으로 무언가를 적고 있었다.

"이게 뭐야?"

"귀엽지? 100엔 숍에서 발견했어. 원예용 명패야."

아빠가 신이 나서 대답했다.

백일홍. 베고니아. 듀란타.

판에 적은 것은 식물의 이름인 듯했다. 나는 어떤 꽃인지 상상도 못 하겠지만.

그대로 내 방에 틀어박혀 버리자니 꺼림칙해서 TV 리모컨을 집어 들었다. 아빠도 좋아하는 예능 프로그램이 나오기에 나는 소파로 돌아가 그 방송을 봤다.

유명 MC가 사회를 보는 토크 쇼였다. 젊은 연예인이 열심히 자신의 경험담을 늘어놓았다.

"저희 집에 파키라라는 관엽식물이 있는데, 제 말을 알아들어요! 저쪽으로 자라라 하면 정말 그쪽으로 가지가 뻗어 나온다니까요! 장하다, 대단하다 칭찬해 주면 잎에 막 윤기가 돌아요."

사회를 보는 MC가 "너보다 똑똑하네"라고 농담을 던졌다. 그 모습을 보고 아빠가 "하하" 하며 작게 웃었다.

나는 물었다.

"아빠는 저런 거 안 해?"

"저런 거?"

"식물에 예쁘다고 칭찬해 주면 잘 자란다고들 하잖아. 칭찬 안 해?"

예전부터 들던 의문을 넌지시 던져 봤다.

아빠는 언제나 다정하다. 하지만 칭찬은 거의 하지 않는다. 그것이 늘 의아하고 불안했다. 사실은 차가운 사람일지도 모른다.

아빠는 살짝 고개를 저었다.

"아빠는 안 해, 그런 거."

역시.

그렇게나 예뻐하는 식물에조차 그런 마음이 들지 않는 것일까.

나는 "하긴, 꽃에는 귀가 없으니까"라는 무난한 대꾸로 웅하며 TV 화면을 보았다. 깊이 파고들어서 내가 상처받기는 싫었다.

그러자 아빠는 잠깐 조용히 있다가 대답했다.

"아니, 식물이 말을 못 알아듣는다고 의심하는 게 아니라, 그 반대야. 정말로 알아듣는다고 생각해. 그러니까 말에 책임이 따르지."

나는 TV 화면에서 아빠 쪽으로 얼굴을 돌렸다.

아빠는 새 모양 판을 집으면서 말을 이었다.

"칭찬받고 싶어서 노력하는 거, 그것도 나쁘지는 않지만, 그것만을 목표로 하면 칭찬받지 못했을 때 좌절감이 들잖아."

심장이 쿵 울렸다.

내 오랜 의문에 아빠가 넌지시 대답한 것 같았다.

아빠는 온화하게, 하지만 강하게 말했다.

"그냥 칭찬받지 못한 것, 그뿐이잖아. 누가 무슨 말을 하든, 아니면 아무 말도 하지 않든 열심히 꽃피우려고 애쓰는 모습은 똑같아."

그러더니 아빠는 나를 똑바로 보며 미소 지었다.

"그래서 아빠는 그냥 사랑을 해. 그게 다야."

아빠는 이야기를 멈추고 판에 식물의 이름을 적는 작업에 다시 집중했다.

나는 눈물이 차오를 것 같아서 소파에 놓인 면 담요를 꼭 쥐었다.

아빠의 애정은 그야말로 이 소리 없는 면 담요였다. 무방비하게 잠든 나를 살며시 덮은 다정함. 알고 있었는데 지금까지 제대로 확신하지 못했다.

갑자기, 알렉 선생님의 말이 떠올랐다.

"Everyone is so amazing! You, You, You too!"

다들 정말 훌륭해! 너도, 너도, 너도!

그래, 그렇구나. 그런 거였구나.

알렉 선생님은 칭찬해 준 것이 아니다.

그저 사랑해 줬다. 그리고 어린 우리는 그 사실을 몸으로 느꼈다.

그때 아빠가 "어이쿠"라고 작게 외쳤다.

바라보니 테이블 가장자리에 검은 선이 그어져 있었다.

그 테이블은 엄마가 무척 마음에 들어 해서 예산 초과인데도 힘을 좀 썼다던 북유럽 가구였다. 테이블 가장자리에 색색의 타일이 무작위로 붙어 있는데, 하필 흰 부분에 유성펜이 굴러서 잉크가 묻은 모양이다.

"엄마한테 혼나겠다."

그렇게 말하면서도 위기감은 없는 기색으로 아빠가 일어섰다.

어쩌려고 저러나 하고 가슴을 졸이는데, 아빠가 세면실에 갔다가 곧 돌아왔다.

손에 치약 튜브를 들고 있었다.

아빠는 흥얼흥얼 콧노래를 부르면서 타일에 그어진 검은 선 위에 치약을 조금 찌고 키친타월로 가볍게 슥슥 닦았다.

설마. 나는 긴장하며 그 광경을 지켜보았다.

아빠는 키친타월로 치약을 전부 닦더니 씩 웃었다.

드러난 테이블을 보고 나는 숨을 삼켰다.

지워졌다…!

이튿날, 나는 해돋이 공원으로 향했다.

토요일 이른 아침이라 그런지 사람이 적었다. 놀이터
는 평소보다 훨씬 한산했다.

"치유하마~!"

그날 시즈쿠다가 한 것처럼 나는 치유하마를 불렀다.

대답할 수도 없으면서 치유하마는 나를 똑바로 보았
다. 그런 느낌이 들었다.

나는 치유하마의 머리를 쓰다듬었다. 두 손으로 몇 번
이고, 몇 번이고.

옳지, 옳지. 착하다, 착하다.

조금만 기다려. 금방 깨끗하게 지워 줄게.

나는 치유하마에게 살짝 올라탔다.

그리고 작은 배낭에서 휴대용 화장지와 칫솔 세트를
꺼냈다. 세면대 서랍에 들어 있던, 어떤 호텔에서 받은
서비스 용품이었다.

작은 튜브에서 치약을 짜서 치유하마의 뒤통수에 적

힌 '바'라는 글자에 얹었다. 그러곤 조금 긴장하며 칫솔
로 가볍게 문질렀다.

"…됐다."

나도 모르게 웃음이 새어 나왔다.

검은 매직이 사라지고 치유하마의 칙칙한 주황색 바
탕이 드러났다. 나는 들뜬 마음을 억누르며 '보'에도 치
약을 얹고, 힘을 너무 세게 주지 않도록 주의하면서 칫
솔을 움직였다.

지워졌다.

지워졌다, 치유하마에게서 '바보'라는 글자가.

휴지로 치약을 깨끗이 닦아내고 나는 다시 한번, 이번
에는 큰 소리로 "됐다!"라고 외쳤다.

이제 아무도 바보라는 말은 못 할 것이다.

이 기쁨을 시즈쿠다와 나누고 싶었다. 하지만 다음 순
간, 마음이 가라앉았다.

…이제 나를 싫어하잖아.

그녀로 시선을 돌리자, 뺨을 붉게 물들인 채 그네를
쌩쌩 타던 시즈쿠다가 떠올랐다.

방전과 충전.

그렇게 자신을 통제하고 일으켜 세워서.

그녀는 분명 내가 상상도 못 할 노력을 해 왔을 것이

다. 가족과 주변 사람을 배려하면서.

나는 어떻지? 대단한 노력도 하지 않으면서 불평불만….

진짜 나는 바보가 아니라고, 더 잘됐어야 한다고….

아, 창피하다. 정말 창피하다.

내가 고쳐야 할 것은 이 비겁함과 오만함이 아닐까.

알렉 선생님과 대화하고 싶어서 열심이던 때는 그렇게 나 영어가 재미있었는데. 그저, 그저 배우고 싶었는데.

치유하마의 머리를 살며시 쓰다듬었다.

치유하마, 부탁해.

뒤틀리고 굳어 버린 나의 이 머리를 치료해 줘.

나는 치유하마에게 올라탄 채 치유하마의 머리에 두 팔을 감고 뺨을 댔다.

치유하마의 뒤통수에서 느껴지는 정다운 둥그스름함. 민트 냄새가 남은 그곳이 시원해서 기분이 좋았다.

집에 도착하자, 나는 지금까지 받은 시험지를 모아서 거실에 갔다.

엄마가 방에서 청소기를 돌리고 있었다. 아빠는 정원에 있는 듯했다.

청소기 전원을 끈 타이밍에 내가 말을 걸자, 엄마는

"응?" 하며 고개를 내 쪽으로 돌렸다.

"할 얘기가 있어. 지금 괜찮아?"

엄마는 조금 굳은 얼굴로 "어? 뭔데?" 하며 어색하게 웃었다.

테이블 위에 시험지를 늘어놓았다.

수학 46점, 지리 57점.

"평균 점수는 수학 52점, 지리 64점이었어."

"뭐?"

엄마가 얼굴을 조금 앞으로 내밀었다. 화난 것 이전에 놀란 느낌이었다.

"평균 점수에도 못 미쳤어. 내 노력 부족이야."

그리고 며칠 전에 보여 준 89점짜리 영어 시험지.

나는 엄마가 보는 앞에서 89라는 숫자에 빨간 펜으로 이중선을 그었다.

"거짓말해서 죄송해요. 이거 내가 고쳐 쓴 거야."

엄마의 눈이 휘둥그레졌다.

나는 그 옆 여백에 빨간 펜으로 크게 적었다.

61.

복원.

그렇다. 이게 진정한 회복이다.

나는 원상태로 고친 그 시험지를 엄마에게 내밀었다.

"진짜 점수야."

엄마는 시험지를 손에 든 채 빨간 숫자와 내 얼굴을 번갈아 보았다. 말이 나오지 않는 모양이었다.

"내가 착각했어. 나는 머리가 좋다고. 노력하지 않아도 잘한다고."

하지만 아니다.

나는 추천으로 입시에 합격하기 전까지 내 자리에서 해야 할 일을 착실히 해왔다.

그런데 나중에는 태만에 젖어 버렸다. 다들 필사적으로 공부하는 동안 나는 한량처럼 손을 놓고 있었다.

새로운 생활 속에서 나는 아직 아무것도 하지 않았다.

조금 더 적극적으로 공부하는 것, 나의 미래를 생각하는 것, 친구와 대화하는 것.

더 높은 곳을 바라보며 들어온 이 학교에 어울리는 노력을.

"이 위치에서 다시 노력해 볼게."

이기고 지고의 문제가 아니다. 내가 노력하고 싶어서 다.

엄마는 갑자기 표정이 누그러졌다. 그리고 그제야 말을 뱉었다.

"엄마는 결과보다 카나토가 그렇게 노력하는 과정이

기뻐."

가슴이 서서히 뜨거워졌다. 나는 새삼 떠올렸다. 엄마가 나에게 항상 "노력했구나"라고 말해 주었다는 사실을.

그때, 아빠가 정원에서 고개를 내밀었다.

"달리아 꽃이 피었어. 와서 봐."

아빠의 얼굴에 한가득 미소가 번졌다.

나와 엄마도 정원으로 나갔다.

막 핀 달리아가 싱싱한 꽃잎을 펼쳤다. 아빠의 마음을 받으며 자란 것이 틀림없다.

그저 사랑할 뿐. 그뿐이다. 진심을 담아서.

새로운 한 주가 시작되는 월요일, 교실에 들어가자, 시즈쿠다가 기다렸다는 듯 달려왔다.

"카나토! 이거 진짜 최고야!"

시즈쿠다가 《블랙 맨홀》을 치켜들고 말했다.

놀라서 입을 반쯤 벌린 나에게 시즈쿠다는 기관총처럼 조잘댔다. 《블랙 맨홀》의 어디가 좋았는지, 어느 캐릭터가 좋은지. 고개를 끄덕이면서 그 열변을 듣고 있자니 불안과 후회로 딱딱하게 굳었던 마음이 서서히 녹았다.

변함없는 시즈쿠다였다. 나는 안도해서 한숨을 쉬며

말했다.

"…나는 네가 이제 나를 싫어하는 줄 알았어."

시즈쿠다는 어리둥절한 얼굴로 나를 보았다.

"응? 왜?"

"금요일에 대화도 제대로 안 하고 쌩하니 가 버렸잖아."

"어? 그냥 아르바이트 시간이 다 돼서 서두른 건데."

그때 시즈쿠다가 힐끔 눈을 돌린 이유는 시계를 보기 위해서였나.

"내가 기분 나쁘게 말하기도 했고…. 열심히 하는 너한테 질투가 나서, 내가 지질했어. 정말 미안해."

"그랬나? 그런 생각을 하고 있었어? 겨우 그런 걸로 싫어하지 않아."

시즈쿠다는 소탈하게 웃으며 내 팔을 툭 쳤다.

"바보네!"

시즈쿠다의 그 목소리가 따뜻해서 나는 아주 살짝 눈물이 났다.

나는 정말 어쩔 수 없는 바보였다.

제 2 화

사 와 의 입

감사합니다.

이 말을 예전의 나는 하루에 몇 번이나 입에 담았을
까.

감사합니다. 감사합니다.

입에서 이 말이 나올 때, 내 마음은 고마움과 뿌듯함
으로 가득했다.

"사와, 미즈호 이마에 땀이 너무 나잖아. 내가 닦아 줄
게."

유치원 버스 전용 정류장에서 아이들이 하차하자마자
같은 유치원 학부모인 아케미 씨가 아랫사람을 대하듯
웃으며 말했다. 내가 대답할 겨를도 없이 그녀는 구겨진

면 손수건을 우리 딸 미즈호의 얼굴에 댔다.

여름방학이 끝난 9월, 오후 세 시에는 아직 볕이 따갑다. 아이들의 열기로 가득한 버스가 땀이 많은 미즈호에게는 더웠나 보다.

"어머, 손도 끈적끈적하네. 다른 아이들한테 묻으니까 손도 닦아 줄게."

"가, 감사합니다."

허둥지둥 꺼낸 내 손수건이 한발 늦자, 나는 아케미 씨에게 감사 인사를 했다.

하지만 그 '감사합니다'에는 뿌듯함이 전혀 없었다.

있는 것이라고는 감사가 아닌 '면목 없다'라는 위축된 감정뿐이었다.

작년에 아파트를 사자고 제안한 사람은 남편 요시타카였다.

나는 그전까지 살던 투룸 임대 아파트가 그럭저럭 마음에 들었고, 분양을 받아 얽매이는 데 조금 거부감이 있었다.

혹시 무슨 일이 생겼을 때 편하게 거처를 옮길 수 없지 않나. 게다가 대출을 상환할 세월을 생각하면 마음이 무거웠다.

"역이랑 가깝고 괜찮아 보이는 매물이 있어. 계약금 정도는 우리 부모님이 도와주신대."

그렇게 말하면서 나에게 풀 컬러 광고지를 내미는 요시타카의 속마음은 이미 결정된 듯했다. 나보다 시어머니에게 먼저 이야기했다는 사실을 알고도 불만을 털어놓을 수 없었다. 지금의 나는 한 푼도 벌지 않으니까.

어드밴스 힐. 곧 세워질 그 아파트의 사진은 없었다. 대신 있는 건 CG로 구현된 완공 예상도. 눈부시게 이상적인 그림이었다.

아파트뿐만이 아니었다. 하늘은 푸르고 나무들은 선명한 녹색을 뿜냈다. 말 그대로 상상 속의 풍경임을 알면서도 마치 우리가 이 집을, 이 세상을, 통째로 손에 넣을 수 있다는 착각에 빠질 것 같았다.

쉬는 날에 요시타카, 미즈호와 셋이서 역 근처에 설치된 모델 하우스를 구경하러 갔다.

거실, 부엌, 욕실. 진짜가 아닌데, 아무도 살지 않는데, 거기에 정말로 '미래의 삶'이 준비돼 있는 것 같았다. 미즈호도 물방울 모양 커튼과 넓은 욕조에 들떠서 조잘댔다.

옆에 딱 붙어서 우리를 안내하는 영업 사원은 침을 튀기며 이곳은 정말 훌륭한 아파트라고 열변을 토했다.

상담실 벽에는 5층짜리 아파트의 집 배정표가 붙어 있었고, 몇몇 칸에 빨간 종이로 만든 꽃이 달려 있었다.

마침 거기에 중년 부부와 젊은 여자가 서 있었다. 다른 영업 사원이 기쁘게 다가와서 3층 한 칸에 꽃을 붙였다. 매매 계약이 성립됐다는 뜻인가 보다. 영업 사원은 그 가족에게 깊이 고개를 숙였다.

그 모습을 보던 요시타카는 그들이 떠나자 그 집 배정표를 빤히 쳐다보았다.

"이 집이 좋겠다."

아직 꽃이 없는 2층 스리룸을 가리키며 그렇게 말했다.

"2층이면 엘리베이터가 고장 나도 고생하지 않아도 되고 가격도…"

확실히 높은 층이나 포룸보다 가격은 저렴한 편이었다. 하지만 채광은 어떨까. 소음은? 냄새는? 오늘은 구경하러 왔을 뿐이다. 나는 실제 건설 현장에 가서 주변에 무엇이 있는지 제대로 살펴봐야 한다고 생각했다.

그리고 또 한 가지 마음에 걸리는 것은 미즈호의 유치원이었다. 아파트가 완공되는 봄, 미즈호는 졸업반에 올라간다. 그런 타이밍에 유치원을 옮기기가 미안했다.

집에 가서 찬찬히 고민해 보자. 내가 그렇게 대답하려

는 찰나, 요시타카의 중얼거림을 눈치 빠르게 캐치한 영업 사원이 목청 높여 말했다.

"이 방은 아까 잠깐 고민해 보겠다고 망설이는 고객님이 계셨어요. 지금 결정하면 잡으실 수 있습니다."

요시타카의 표정이 바뀌었다. 나는 영업 사원의 부추김에 떠밀려 테이블 앞에 앉은 요시타카의 소매를 당기며 작은 소리로 말했다.

"여보, 근데, 미즈호 유치원도 있고…."

"그런 건 괜찮아. 애들은 금방 적응해."

"그래도…."

요시타카는 미즈호 쪽으로 고개를 숙였다.

"미즈호도 새집에서 살고 싶지?"

그 말에 미즈호는 "살고 싶어!" 하며 두 팔을 올렸다.

"거봐. 이렇게 좋은 매물은 드물어. 기회를 놓치면 안 된다고."

그러더니 요시타카는 영업 사원 쪽으로 돌아섰고, 그날 바로 계약서에 사인해 버렸다.

그렇게 우리 집 이사는 순식간에 확정됐고, 나는 온갖 절차와 준비로 분주해졌다.

그중에서도 미즈호의 새 유치원을 찾고 이런저런 편입

절차를 밟는 과정이 가장 골치 아팠다.

걸어서 다닐 만한 위치에는 입학 가능한 곳이 없어서 셔틀버스가 다니는 경로에 어드밴스 힐이 있는 유치원을 몇 군데 찾았다.

마침내 결정된 곳은 종달새 유치원이었다. 아담하고 가정적이던 이전 유치원에 비해 원아가 많고 규칙도 지나치게 세세했다. 가방이나 실내화 주머니 같은 천 제품은 반드시 수제품을 써야 했고, 그전까지 쓰던 문구류들은 대체로 탈락이었다.

미즈호는 유치원을 옮긴다는 사실을 제대로 알지 못했는지 전학하는 날 뒤늦게 사태를 깨닫고 울었다. 마음이 아팠지만, 내가 해 줄 수 있는 건 꽉 안아 주는 것뿐이었다.

그래도 사흘 후 새로운 친구들과 깔깔대며 웃는 미즈호의 모습을 보고 얼마나 안심했는지 모른다. 요시타카가 말한 대로 놀라운 적응력이었다.

반면에 나는….

나는 살며시 한숨을 쉬고 벽시계로 시선을 던졌다. 오전 일곱 시 오십 분.

"미즈호, 시간 다 됐어. 버스 놓치니까 얼른 해."

나는 대답도 없이 그림책을 보는 미즈호에게 유치원

모자를 씌웠다. 가볍게 화장한 얼굴을 거울로 확인하고
토트백을 들었다.

어드밴스 힐 부근 구역에서는 말레이라는 대형마트 앞
로터리에 유치원 버스가 선다.

아침과 오후, 같은 구역의 학부모들이 같은 시간에 아
이를 등하원시키러 온다. 열 명쯤 모이는 학부모 중에 미
즈호와 같은 반 아이를 둔 엄마들이 있어서 나는 자연
스레 그 모임에 끼게 되었다.

처음에는 '히무라 씨'라고 성으로 불리다가, 얼마 지나
서는 아이를 부를 때처럼 나도 '사와'라고 이름으로 불렸
다. 조금 당황스러웠지만, 나만 다른 엄마들을 계속 성으
로 부르기도 멋쩍었다. 그래서 얼른 따라서 호칭을 바꿨
다.

마에지마 씨는 '후미에'로, 유키무라 씨는 '카호'로.

다만 리더나 다름없는 니시모토 씨는 다들 '아케미
씨'라고 불러서 나도 그렇게 했다. 후미에는 나와 똑같은
서른다섯 살이고, 카호는 서른일곱 살로 동년배지만, 아
케미 씨는 사십 대 중반이다. 딸인 안리 위로 초등학교
6학년인 오빠가 있어서 학부모 경력이 우리보다 훨씬 길
다.

미즈호의 손을 잡고 로터리로 가 보니, 엄마들은 다

같이 수다를 떨고 있었다. 아이들도 한데 모여 뛰어놀았
다.

"아, 사와."

아케미 씨가 나를 보고 손을 흔들었다. 나도 덩달아
손을 흔들었다.

후미에와 카호도 나를 힐끗 보고 웃어 주었지만, 곧바
로 내가 모르는 소문을 주제로 대화를 이어가느라 정신
이 없었다. 나는 어정쩡한 미소를 남긴 채 우두커니 섰
다.

4월에 이사하고 반년쯤 지났다. 그래도 아직은 이미 형
성된 무리에 끼기가 조심스러웠다. 전에 다니던 유치원
은 집에서 도보로 5분 거리에 있어서 이렇게 매일 같은
시간에 같은 얼굴들을 마주칠 일도 없었고, 엄마들과
어느 정도 교류는 해도 훨씬 담백한 느낌이었다.

미즈호가 졸업하기까지 반년 남았다. 힘내자고 나 자
신을 다독였다. 상대방에 맞춰서 눈치껏 조심스럽게 행
동하면 따돌림당하지는 않는다. 나는 무난하게 적당한
거리를 유지하려고 애썼다.

"미즈호, 이거 봐!"

안리가 유치원 가방에 달린 열쇠고리를 가리켰다. 미
즈호가 좋아하는 애니메이션 캐릭터였다.

"와, 예쁘다."

미즈호가 내 손을 놓고 안리에게 갔다. 둘은 처음 만났을 때부터 사이가 좋았다. 안리가 있어 줘서 나는 솔직히 고마웠다.

아케미 씨가 말했다.

"쿠폰 왔지?"

그 말을 듣고 후미에가 스마트폰을 꺼냈다.

"왔어, 왔어. 오늘 사만다 할래?"

"가자, 가자."

카호도 의욕이 넘쳤다.

말레이 안에 있는 패스트푸드점 '사만다'의 앱 전용 할인 쿠폰 얘기를 하는 중이라는 걸 나도 바로 알아차렸다.

아침에 아이들을 버스에 태워 보낸 뒤 그녀들은 자주 하원 시간까지 사만다에서 수다를 떨며 논다. 그것을 '사만다 한다'고 말한다.

"사와도 갈 거지?"

아케미 씨가 나를 돌아보았다.

순간 거절의 말이 머릿속을 뛰어다녔다.

오늘은 일정이 있어서.

세탁기를 돌려 놓고 그냥 와서.

머리가 조금 아파서.

하지만 나는 "응. 갈래, 갈래"라고 대답했다.

핑계를 대고 도망쳤는데 거짓말이라고 의심받으면 난 처해진다. 실제로 거짓말이니까.

그때 키누가와 씨가 버스 정류장에 왔다. 아들 토모키의 손을 잡고 있었다.

"안녕하세요."

그렇게 말한 키누가와 씨의 검고 곧은 긴 머리카락이 나부꼈다. 작게 목인사 하느라 엄마들의 고개가 여기저기서 까딱거렸다.

키누가와 씨도 졸업반 아이의 엄마다.

하지만 그녀는 다른 엄마들에게 기피 대상이었다. 날씬한 몸에 항상 등이 꼿꼿하고 말이 없다. 누군가와 편하게 대화하거나 웃는 모습을 본 적이 없다. 토모키도 무척 얌전해서 다른 아이들과 교류가 없었다. 나이는 나와 비슷할 것 같지만 가까이하기 힘든 키누가와 씨에게 나도 어쩐지 거리를 두고 있었다.

유치원 버스가 왔다. 아이들이 하나둘 올라탔다.

키누가와 씨는 거침없이 "먼저 가겠습니다" 하고는 사라졌다.

앱으로 받은 쿠폰을 써서 엄마들 넷이서 '사만다 하는' 와중에 아케미 씨가 말했다.

"다음 주나 다음다음 주에 바자회 회의해야 돼."

나는 올해 '바자회 담당'이 되었다. 내키지 않는 역할이었다. 수익을 내는 게 목적인지 원장 선생님이 강하게 요구해서 종달새 유치원에서 첫 바자회가 열린다고 했다.

이 유치원에서는 학부모가 매년 반드시 어떤 역할을 맡아야 한다고 해서, 나는 정기적으로 원내를 청소하거나 제초하는 미화 담당을 선택하려고 했는데 아케미 씨가 반강제로 끌어들였다.

"뭘 담당하든 어차피 거기서 거기일 테니까 이왕 하는 거 친한 사람들끼리 왁자지껄하게 모이면 재미있잖아. 같이 하자."

거절하지 못했다.

청소야 혼자서 묵묵히 손을 움직이면 끝이지만, 이런 행사를 담당하면 여럿이 협력해서 계획을 세우거나 준비해야 한다.

바자회 개최는 11월이라 슬슬 준비를 시작해야 했다. 나는 마음이 무거운 채로 일정이라고는 하나도 적혀 있지 않은 수첩을 펼쳤다.

졸업반의 반장인 아케미 씨는 귀찮다는 듯 말했다.

"으음, 여기 있는 멤버끼리는 그룹 채팅으로 얘기하면 되고, 중간반이랑 신입반은 따로 반장이 있으니까…. 맞다, 키누가와 씨한테도 연락해야겠네."

키누가와 씨도 바자회 담당이었다. 그녀는 누가 부추겨서가 아니라 자발적으로 들어왔다.

"일 때문에 바쁘지 않나?"

카호가 내뱉듯 말했다.

카호는 키누가와 씨에게 같이 사만다 하자고 제안한 적이 있다고 들었다. 그런데 "일이 있어서 실례하겠습니다" 하며 단호하게 거절당했다고 한다. 그 뒤로 같이 가자고 하지 않는다고 카호는 퉁명스럽게 이야기했다.

"키누가와 씨는 무슨 일을 한대?"

아케미 씨가 물었다. 카호가 고개를 갸웃했다.

"몰라. 가끔 연장보육 하는 것 같던데."

후미에가 가세했다.

"키누가와 씨 남편도 본 적이 없어. 그 사람 너무 수수께끼야."

아케미 씨는 멜론 소다를 한 모금 마시고 살짝 몸을 앞으로 기울였다.

"토모키도 남자애치고 너무 얌전해. 통 말 한 마디 없고 다른 애들이랑 섞이지도 않잖아. 그래 가지고 앞으로 세상을 어떻게 살아가려고 그러지?"

그 말처럼 토모키는 밖에서 활발하게 노는 이미지는 아니었다. 재롱 잔치 날에는 활동이 끝나고 다른 아이들이 소란을 피우는 와중에도 혼자 구석에서 종이접기를 했다.

그 뒤로 얼마간 키누가와 씨에 대한 억측이 난무했다. 이혼하지 않았을까, 수상한 장사를 하는 것이 아닐까, 태도를 보면 우리를 얕잡아보는 것 같다 등등.

지난 반년간 나는 리액션이 많이 늘었다. 누구의 말도 부정하지 않는 것이 핵심이다. "그래?", "어머, 그랬구나" 하며 아무것도 모르는 척한다. 가끔 "뭐어?"나 "별로다" 하며 웃음을 섞는다.

"일하는 게 그렇게 대단한가?"

아케미 씨가 눈썹을 찌푸리며 그렇게 말하자, 내 가슴 속에서 무언가가 삐걱거렸다.

"어서 오세요. 어떻게 오셨어요?"

토요일 오후, 설거지를 마치고 거실 소파에 앉자 미즈호가 말을 걸었다. 요시타카는 일 때문에 집에 없었다.

미즈호는 골판지 상자를 뒤집어서 만든 수제 '상품 진열장' 앞에서 방글거리며 나에게 손짓했다. 요즘 집에 있을 때는 가게 놀이를 자주 한다.

상자에는 매직으로 그린 격자무늬 칸이 있고 그 안에는 미즈호 나름대로 분류한 '상품'이 진열돼 있다. 오늘은 '스티커 가게'인가 보다.

잡지 부록으로 받은 애니메이션 캐릭터 스티커, 빵 봉지에 딸려 온 응모권, 과자 상자에 붙어 있던 포장 스티커, 서랍에 들어 있던 사무용 라벨. 어딘가에 붙어 있던 스티커를 떼서 메모지에 붙이거나 아직 사용하지 않은 새것을 그대로 매대에 올려놓고, 집 여기저기서 긁어모은 스티커들을 가게 앞에서 판매하고 있었다.

미즈호는 매번 점원 역할을 하고 싶어 해서 나는 항상 손님 역할이다.

나는 새 모양 스티커를 하나 집었다.

"이거 멋있네요."

상자를 끼고 맞은편에서 미즈호가 크게 고개를 끄덕였다.

"네. 외국에서 온 특별한 스티커이십니다."

"어머, 그렇군요. 어느 나라요?"

"음, 그게…, 마법의 나라예요."

"와, 대단하다. 얼마예요?"

"음, 800엔이십니다."

"애고, 좀 비싸네요."

"왜냐면요, 그 스티커를 붙이면 새처럼 날 수 있거든요."

"네에? 그럼 이거 살게요."

"네, 그럼 포장해 줄게요."

어설픈 존댓말이지만, 즉흥으로 한 것치고는 꽤 훌륭한 손님 응대였다.

점원으로 완벽하게 변신해서 깜찍한 소리를 하는 미즈호를 흐뭇하게 바라보면서 나는 아득한 옛 시절을 떠올렸다.

나는 임신하기 전까지 '아이네'에 있는 상점의 점원이었다.

아이네는 주로 역에 있는 전국 체인 패션 빌딩이다. 나는 전문대학을 졸업하고 아이네에 있는 여성복 매장에서 일했다.

아이네에는 패션 어드바이저로서 손님 응대가 우수한 점원에게만 부여되는 '아이네스트'라는 제도가 있다. 손님들에게는 그다지 알려지지 않았지만, 일반 점원이 다는 은색 배지와 달리, 아이네스드는 검은 배지를 받는다.

1년에 한 번 아이네스트를 대상으로 전국 대회도 개최

된다. 국내 각지에서 아이네스트 3만 명 정도가 모여서 롤플레잉 콘테스트에서 손님을 응대하는 기술을 겨룬다.

입사 2년 차에 내 가슴에 검은 아이네스트 배지가 달렸다. 전국 대회에서 특별상을 받은 적도 있다.

손님을 맞는 일이 좋았다. "감사합니다" 하며 미소를 보내는 것이 무척이나 뿌듯하고 기뻤다. 손님의 질문에 대답하는 것, 내가 먼저 제안하는 것, 사람을 만나서 대화를 나누는 것이 진심으로 즐거웠다.

그런데 요즘 나는 유치원 엄마들과 대화를 나누는 게 정말 괴롭다.

나는 대체 무슨 말을 해야 할까?

"다 됐습니다."

미즈호가 휴지로 포장한 새 모양 스티커를 나에게 내밀었다. 내가 돈을 건네는 시늉을 하자, 미즈호는 그것을 양손으로 받았다.

보이지 않는 돈이 미즈호의 손에 있다. 실제로는 거기 없는 것이 미즈호에게는 보일 것이다. '놀이'에서는 무엇이든 가능하다. 나는 이 스티커 덕분에 새처럼 날 수 있다고 한다.

미즈호가 점원 놀이를 하듯이, 나도 요즘 엄마들 무리

에서 '친구 놀이'를 하는 것일까. 그 누구도 친구로 생각하지 않으면서.

어드밴스 힐의 CG 광고처럼, 진짜가 아닌 세상에서 다른 엄마들의 친구를 연기하는 느낌이었다.

즐거우면 그걸로 충분하다. 하지만 지금의 나는 원한 적 없는 역할을 떠맡아서 무대가 끝날 때까지 억지로 소화하려고 애쓰고 있을 뿐이었다. 대규모 '가게 놀이'인 바자회 행사에 우울해하면서.

"감사합니다."

미즈호가 꾸벅 고개를 숙이며 만족스럽게 웃었다.

저녁에 장을 보러 가려는데 스마트폰이 울렸다.

멀리 사는 엄마에게서 온 전화였다.

이미 집을 나와서 미즈호와 걷던 참이라 사람 많은 길을 벗어나서 전화를 받았다.

"여보세요."

"어, 나야. 잘 지내니?"

"응."

나는 태평한 엄마의 목소리를 들으며 빈 한쪽 손으로 미즈호를 자연스레 뒷길로 유도했다. 거기서 주택가로 향하자, 아파트 단지가 이어졌다. 건물에 둘러싸인 작은 놀이터가 있는 것을 최근에야 알았다.

특별할 것 없는 근황 보고를 들으면서 미즈호와 '해돋이 공원'이라는 석판이 놓인 부지 안으로 들어갔다.

토요일이건만, 소박한 놀이터라 아무도 없었다. 미즈호는 신나게 달려가서 그네를 흔들흔들 탔다.

엄마의 긴 이야기는 금방 끝날 것 같지 않았다.

나는 근처에 있는 동물 모형에 앉았다. 군데군데 칠이 벗겨진 주황색 하마. 웃는 건지 우는 건지 모를, 맹하고 천진난만한 표정이었다.

"책가방은 빨간색으로 사면 되나? 요전에 백화점에서 둘러봤는데 생각보다 비싸서 깜짝 놀랐어."

스마트폰에서 엄마의 목소리가 들렸다. 엄마는 내년에 초등학교에 들어가는 미즈호의 책가방을 사주고 싶다고 전부터 얘기해 왔다. 도쿄에서 신칸센으로 다섯 시간 정도 걸리는 시골 마을에 사는 엄마를 만나는 것은 1년에 한두 번뿐이다.

어드밴스 힐로 이사했을 때 4월에 요시타카의 부모님을, 5월에 우리 부모님을 각각 집에 초대했다. 요시타카의 부모님은 도쿄에 살아서 그 이후에도 몇 번 왔다 갔지만, 엄마는 그때가 마지막이었다.

"빨간색 사면 될 것 같아. 고마워."

그렇게 대답하면서, 연금으로 생활하는 엄마가 백화점에서 책가방을 살펴보는 모습을 상상하자 조금 가슴이 뜨거워졌다. 아직 건강하고, 언제나 우리 가족을 생각해 준다.

만약 엄마가 가까이 살았다면 나는 일을 계속했을지도 모른다.

나는 미즈호를 낳고 한때 아이네로 복귀했었다. 미즈호가 한 살 때였다.

하지만 순조롭지 않았다. 어린이집은 일요일이나 공휴일에 쉰다. 내 휴일 일정을 거기에 맞춰서 짜기는 어려웠고, 의류 업체에서 영업 일을 하는 요시타카는 주말에 출근할 때가 많았다. 시댁에 미즈호를 맡기기로 합의했지만, 아무리 사랑스러운 손녀여도 갓난아기인 미즈호를 매주 보는 것은 여간 힘든 일이 아니었을 것이다.

두 달쯤 지나서 시어머니가 말했다.

"얘, 사와, 역시 아이는 적어도 세 살까지는 엄마랑 같이 있어야 하지 않겠니?"

요시타카는 그 말을 제지하지 않았다.

그뿐만이 아니었다. 미즈호는 자주 열이 나서 잊을 만하면 어린이집에서 호출이 왔다. 그때마다 조퇴를 해야 해서 다른 직원들에게 얼마나 폐를 끼쳤는지 모른다. 게

다가 내 몸 상태도 수면 부족과 과로로 엉망이었다. 자잘한 실수를 하거나 무언가를 깜빡할 때가 잦았고, 얼굴은 초췌했으며, 손님을 제대로 응대하지 못해서 괴로웠다.

그래서 나는 일을 그만뒀다.

후회는 없다. 온갖 눈치를 보며 시어머니에게 의지하기보다는 독박육아를 하더라도 미즈호가 자라는 모습을 직접 지켜보는 게 낫겠다고 생각했다.

'적어도 세 살까지는 엄마랑 같이 있어야 하지 않겠니?'

그 말대로 하는 편이 낫겠다고 스스로 수긍하고서 잠시 물러난 직장에, 미즈호가 네 살, 다섯 살이 되어서도 돌아가지 못했다. 미즈호가 유치원에 들어갈 나이가 되었을 때, 유치원이 아닌 어린이집에 보내고 직장을 구할까 고민한 건 사실이다. 하지만 결단을 내리지 못했다. 갓난아기든 세 살이든 어린 내 자식이라는 점은 같았다. 복귀해서 공백기를 메울 수 있을까. 그 생활을 무사히 헤쳐 갈 수 있을까. 이제는 자신이 없었다.

"요시타카는 잘 지내? 요즘도 일이 바쁘니?"

엄마가 묻기에 나는 "그렇지, 뭐" 하고 무난하게 대답했다.

엄마는 밝은 어조로 말을 이었다.

"그렇게 좋은 신축 아파트를 샀으니 요시타카한테 고마워해야 돼."

그 말에 나는 기분이 껄끄러웠다.

요시타카가 나에게 아파트를 '사준' 걸까.

'고맙다'고 해야 할 일일까.

엄마는 다정한 사람이지만, 상상력이 부족하다. 내 복잡한 심경을 이해받기는 좀 어려웠다.

미즈호가 그네에서 내려 이쪽으로 달려왔다.

스마트폰을 미즈호에게 건네고 엄마와 잠깐 통화하게 한 뒤, 전화를 끊었다.

어드밴스 힐에서 가장 가까운 마트는 아사히 스토어다. 말레이보다 규모는 작지만, 아담해서 오히려 진열대가 눈에 잘 들어온다.

며칠 치 식재료와 생활용품을 카트에 넣고 미즈호가 사 달라고 조르는 과자를 하나만 쥐여 주고는 계산대로 향했다.

나는 계산할 때 계산대 직원들의 얼굴을 보고 대기 줄을 고른다. 손님 응대를 기막히게 잘하는 여자 점원이 있어서다. 기분 좋게 계산할 수 있어서 아무리 붐벼도 그 사람 앞에 줄을 선다.

나이는 쉰 정도일까. 아무튼 행복한 기운이 배어 나온다. 눈꼬리에 잡힌 주름에까지 복이 새겨진 듯 보였다.

아사히 스토어의 유니폼인 진녹색 폴로셔츠. 그녀의 이름표에 '시즈쿠다'라고 적힌 것을, 나는 꽤 오래전에 확인했다. 시즈쿠다 씨. 그녀는 내 마음속 아이네스트다.

상품을 다루는 정성스러운 손길이 정말 좋다. 나는 장바구니에서 장바구니로 퍼즐처럼 아름답게 끼워 맞춰지는 식재료를 보며 넋을 잃고 만다.

장바구니에 든 상품을 전부 찍은 뒤, 시즈쿠다 씨는 허리를 살짝 굽혀서 미즈호와 눈높이를 맞췄다.

"삑만 하게 해 주세요."

미즈호가 과자를 들어 올리며 말했다.

시즈쿠다 씨는 과자의 바코드에 리더기를 대고 "삑"이라고 말했다. 미즈호가 웃었다. 그리고 그녀는 아사히 스토어 마크가 인쇄된 테이프를 시원스레 잘라서 가볍게 손을 뻗어 과자에 붙였다.

포인트 카드를 확인하고, 돈을 주고받았다. 막힘없고 빠르고 효율적이다. 정말 나무랄 데가 없다.

"감사합니다."

내 눈을 보며 시즈쿠다 씨가 그렇게 말했다. 매우 아름다운 미소를 지으며.

자율 포장대로 걸어가는 동안 미즈호는 과자에 붙은 테이프를 보았다. 아마 저것도 '스티커 가게'의 상품이 될 것이다. 상품 매입 성공이다.

"시즈쿠다 씨가 좋은 거 붙여 줬네."

나는 포장대에서 에코백에 식재료를 넣으며 누구에게랄 것 없이 중얼거렸다.

"시즈쿠다 씨?"

"저 점원 아주머니 이름이야. 가슴에 달린 배지에 쓰여 있었어."

"와아!"

그 해맑은 표정에 나도 모르게 미소 지으며 말했다.

"엄마도 아주 예전에는 저렇게 배지를 달고 옷을 팔았어."

미즈호가 "정말?" 하며 눈을 반짝였다.

처음으로 얘기했다. 왠지 모르게 지금까지 미즈호에게는 말하지 못했었다. 미즈호는 내가 가게에서 일했다는 사실에 들떠서 말했다.

"배지 달면 엄마가 누구인지 알 수 있으니까 좋았겠다."

"맞아."

나는 웃으며 그렇게 대답하고는 비어 버린 장바구니 한쪽을 멍하니 바라보았다.

배지가 없는 나는 그럼 대체 누구일까.

한 주가 시작되는 월요일, 오후 네 시 조금 전에 아케미 씨와 역에서 만나기로 했다. 미즈호와 안리도 함께였다.

이사해서 내가 유일하게 다행으로 여기는 점은 동네에 좋은 피아노 교실이 있다는 것이었다. 역과 가까운 주상복합 건물에 위치한 그 피아노 교실은 소수 인원제로 한 달 수업료도 저렴한 편이었다. 초로의 선생님이 매우 친절하고 온화해서 미즈호가 잘 따랐다. 4월에 체험 레슨을 받아 보고 마음에 든 나는 비상금을 털어서 미즈호에게 작은 중고 피아노를 샀다. 피아노를 놓을 공간이나 방음을 생각하면, 전에 살던 임대 아파트에서는 불가능했을 일이다. 그렇다. 어느 시기에나 좋은 일은 있다.

그런데 지난주, 아케미 씨가 "미즈호가 다니는 피아노 교실, 어디에 있어?"라고 물은 순간 먹구름이 드리웠다.

"안리가 미즈호네 피아노 교실을 구경하고 싶대. 미즈호가 레슨 받는 날 견학하러 가도 될까?"

"아…, 응. 근데 체험 레슨을 받아 보는 게 나을걸."

완곡하게 그렇게 말했지만, 아케미 씨는 고개를 가로저었다.

"그냥 구경만 할 거야. 그러고 나서 안리가 해보고 싶다고 하면 체험도 시키려고. 잘 부탁해."

그 요청을 내가 거부할 수 있었을까.

피아노 선생님에게 연락해서 안리가 견학해도 된다는 허가를 받았다.

그리고 오늘, 넷이서 피아노 교실로 향한다.

미즈호와 안리는 딱 달라붙어서 우리보다 조금 앞을 즐겁게 걸었다. 쾌활한 안리와 수다스러운 미즈호는 아무리 떠들어도 질리지 않는 모양이었다.

피아노 교실 앞에 도착하자, 아케미 씨가 의외라는 듯 말했다.

"어? 여기야? 좀 더 넓을 줄 알았는데."

어떤 광경을 상상했길래…. 무슨 발표회도 아니고 그냥 피아노 교실이니까 단칸방에서 해도 아무 문제 없지 않나.

"어서 오세요. 니시모토 안리 맞지?"

선생님이 다정하게 말을 걸었다. 아케미 씨가 "잘 부탁해요" 하며 가볍게 고개를 기울였다.

레슨이 진행되는 동안 안리는 다리를 흔들면서 지루하다는 듯 앉아 있었다. 미즈호도 안리 쪽에 정신을 빼앗겨 자꾸 힐끔거렸다.

레슨 종료까지 5분이 남았을 즈음, 선생님이 안리에게 말했다.

"안리도 잠깐 해볼래?"

안리는 기쁜 듯 의자에서 뛰어내렸다. 선생님이 미즈호 옆에 의자를 두자, 안리는 거기에 앉아서 두 손을 뻗었다.

선생님이 천천히 안리를 지도했지만, 안리는 귀를 기울이지 않았다. 검지로 아무렇게나 건반을 뚱땅거리자 조화롭지 못한 음정들이 높이 울렸다.

꺄하하하하하.

꺄하하하하하.

안리와 미즈호의 웃음소리가 이중주가 되어 교실을 채웠다.

내 안에 쓴웃음이 번졌고, 선생님에게 죄송한 마음이 가득 차올랐다. 잠시 후 레슨 종료 벨이 울렸을 때 할 수 있었던 일은 제발 안리가 피아노 교실에 다니고 싶다고 하지 않기를 기도하는 것뿐이었다.

그로부터 며칠 뒤, 아케미 씨가 그룹 채팅 메시지를 보냈다.

"어쩌다 보니 발견! 이거 사와 맞지?"

링크로 전달된 사이트를 클릭해 보니, 내가 예전에 아이네스트로 대회에 나갔을 때를 담은 인터넷 기사였다. 순간 식은땀이 났다.

검은 배지를 단 20대의 내가 무대 위에서 특별상 상패를 든 사진. 성은 결혼하기 전 성씨였지만 사와라고 이름이 또렷이 적혀 있었다.

"대단하다."

"어? 사와, 엄청 예쁘다!"

"이런 일이 있었어?"

스마트폰 화면에 하나둘 글자가 올라왔다.

당황한 나는 어떻게 대답할지 머리를 굴리며 고민했다.

과거의 영광을 두고 '대단하다'는 말을 듣는 것이 괴로웠다. 엄마들의 속마음이 무서웠다.

"별거 아니야."

그렇게 보내자마자 바로 아, 단어 선택을 잘못했나 싶었다.

'읽음' 수가 순식간에 늘어났다. 하지만 아무도 반응하지 않았다.

발끝에서부터 스멀스멀 불안이 올라왔다.

어떻게 해야 하지? 무슨 말을, 무슨 말을 해야….

"아주 오래전 일인걸."

그렇게 보낸 다음, 땀을 닦으며 웃는 익살스러운 이모티콘을 서둘러 보냈다.

잠시 후 아케미 씨가 손뼉을 치는 개 이모티콘을 덜렁 보냈고, 그 뒤로 채팅방은 조용했다.

이튿날 아침 가슴을 졸이며 버스 정류장으로 가 보니 아케미 씨가,

"어, 사와!"

라고 웃는 얼굴로 말했다. 후미에와 카호도 평소와 똑같았다.

경직된 몸이 확 풀어졌다.

다행이다. 내가 걱정한 만큼 심각한 사태는 아닌 것 같다.

요즘 화제인 연예계 이야기로 신나게 대화하다가 버스가 와서 아이들을 배웅했다. 날씨가 좋으니 오늘은 이불을 말릴까 생각하는데, 아케미 씨가 말했다.

"사와, 오늘 사만다 하자고 아까 얘기가 나왔는데 사와

도 갈 거지?"

가고 싶지 않았다. 하지만 같이 가자고 해 줘서 아주 조금 안도했다. 무리에서 배제되지는 않은 것 같아. 괜찮아.

나는 고개를 끄덕이고 그녀들과 함께 말레이 안으로 들어갔다.

우리는 사만다에 있는 안쪽 테이블에 앉아서 평소처럼 음료를 마셨다. 잠시 유치원 이야기를 하고 나서, 아케미 씨가 내 얼굴을 빤히 쳐다보았다.

"있잖아, 조금 신경이 쓰여서 말할게."

순간 몸이 굳었다. 아케미 씨는 아랫사람을 대하듯 천천히 말을 이었다.

"피아노 교실 견학했을 때 말이야."

피아노 교실?

어제 본 아이네스트 기사가 아니라?

예상을 벗어난 전개였다. 아케미 씨는 미간에 주름을 잡으며 입술을 옆으로 일그러뜨렸다. 입은 웃는 것처럼 보였지만 눈이 화나 있었다.

"안리가 제대로 못 칠 때, 미즈호가 안리를 비웃었잖아?"

뭐? 라고 되물을 뻔했다. 아케미 씨가 무슨 말을 하고 있는지 금방 이해되지 않았다. 아니, 그때 웃은 건….

아케미 씨는 표정을 더 일그러뜨렸다.

"나 너무 마음이 아프더라. 미즈호는 예전부터 피아노를 배웠으니까 어느 정도 치는 게 당연하잖아. 그렇다고 태어나서 처음 건반을 만져 본 친구를 비웃어도 되는 거야? 난 좀 놀랐어."

그게 무슨…. 그렇게 생각했으면 둘이 있을 때 말해 주지, 왜 굳이 다른 엄마들 앞에서….

후미에와 카호는 로봇처럼 무표정한 얼굴로 나를 빤히 쳐다보았다. 내가 없는 곳에서 이미 이런 이야기를 다 한 게 분명했다.

나는 필사적으로 변명했다.

"미, 미안해. 근데 미즈호가 일부러 그런 건 아니었을 거야. 그냥 재미있어서 웃었을 거야."

아케미 씨는 픽 하고 코웃음을 쳤다.

"그런 게 원래, 비웃음을 당하는 사람한테는 재미없거든."

큰일이다. 괜히 더 화를 돋우고 말았다. 일단 사과부터 해야 한다.

"안리가 기분 나빴다면 미안해. 미즈호한테 잘 일러둘게."

아케미 씨는 시선을 쓱 돌리고 팔짱을 끼며 낮게 중얼 거렸다.

"하긴, 그런 고급 신축 아파트에 사는 대단한 분께서 는 모르시겠지."

깜짝 놀랐다. 그렇게 생각하고 있었나.

"대단한 분이라니?"

"대단한 분이지. 우리 남편 벌이로는 못 들어가거든. 사와는 인터넷 기사에 실릴 정도로 능력 있는 여자라 감각이 다르겠지만."

"그게 무슨⋯."

"채팅으로 그랬잖아. 다들 그 기사를 칭찬하니까 별거 아니라며? 사와한테는 그렇겠지. 부럽다. 어쩐지 사와는 전부터 우리 이야기를 건성으로 흘려듣더라."

머릿속이 새하얘졌다.

이제 그만 자리를 박차고 일어나고 싶었다.

하지만 여기서 내가 도망치면 미즈호에게 영향이 가지 않을까.

아케미 씨가 안리에게 무슨 소리를 할지 모른다. 이제 같이 놀면 안 된다든가, 미즈호는 심술궂은 아이라든가.

미즈호를 지켜야 한다. 이떻게든 감정을 억누르고 이 순간을 모면해야 한다.

그런데 지킨다는 게 어떤 것일까?

여기서 나는 미즈호의 오명을 벗겨야 하지 않을까?

무슨 말을 해야 할까? 어떻게 말해야 하지? 아아, 할 말을 못 찾겠다.

내가 계속 잠자코 있자, 아케미 씨는 등받이에 기대서 후우 하고 크게 숨을 뱉었다.

"됐어. 책잡는 건 아니야. 그냥, 이런 일은 제대로 얘기해 두는 게 좋으니까 말하는 거야. 앞으로도 안리랑 사이좋게 지내 줘."

"…정말 미안해."

"괜찮다니까. 신경 쓰지 마."

나는 고개를 숙인 채 대답했다.

꺼림칙한 마음으로 작게 "고마워"라고.

그 뒤로 나는 대놓고 소외되었다.

그녀들은 내가 옆에 있어도 없는 것처럼 나에게 눈길도 주지 않은 채 이야기를 이어 갔고, 나를 빼고 사만다 하는 것을 노골적으로 알 수 있게 행동했다.

그런가 하면 아케미 씨가 갑자기 친한 척 가벼운 부탁을 할 때도 있어서 얼마나 거리를 둬야 할지 도무지 알수 없었다.

미즈호와 안리는 별문제 없이 사이좋게 지내는 듯해서 그것이 유일한 위안이었다. 하지만 앞으로 어떻게 될지 모르니 마음을 놓을 수 없었다.

덩그러니 혼자 있을 때, 나처럼 혼자 있는 키누가와 씨가 신경 쓰였다. 하지만 그렇다고 해서 대화할 기회가 생기지는 않았다. 키누가와 씨는 버스 정류장에서 오직 토모키를 배웅하고 마중할 뿐이었다.

키누가와 씨처럼 익숙해지면 오히려 편하겠다는 생각도 들었다. 하지만 나와 키누가와 씨는 다르다. 그녀는 처음부터 그런 위치를 고수했지만, 나는 중간에 들어와서 잠시 무리에 속했다. 어떻게든 관계를 원상태로 돌리지 않으면 미즈호가 졸업할 때까지 가시방석일 것이다. 어차피 진짜 우정이 아니라 '놀이'니까 미즈호를 위해서라도 잘 처신하고 싶은데….

유치원에 가지 않는 주말이면 정말 마음이 편했다.

일요일에 웬일로 요시타카가 집에 있어서 미즈호를 맡기고 나 혼자 아사히 스토어에 갔다.

늘 미즈호와 잡던 한쪽 손이 비었다는 사실을 깨닫고 세탁소에도 들르기로 했다. 요시타카의 와이셔츠 몇 장과 얼룩을 빼고 싶었던 흰 블라우스, 미즈호가 물감을 쏟아버린 덧옷. 그것들을 큰 종이가방에 넣고 밖으로 나갔다.

가을 하늘이 쾌청해서 기분이 좋았다. 혼자 바람을 쐬는 것. 지금의 나에게는 그것만으로도 충분히 휴식이었다.

나는 거의 모든 옷을 세탁기에 빨지만, 그래도 필요할 때는 선라이즈 세탁소로 향한다. 머리를 아주 짧게 친 할머니가 항상 가게를 지키는 곳으로, 완성까지 시간은 꽤 걸리지만 무척 저렴하다. 그리고 아주 깨끗해져서 돌아온다.

오늘도 할머니는 가게에 혼자 있었고, 나를 보자 "아, 사와 씨"라고 말했다. 그리 자주 오는 편도 아닌데 이름을 기억해 준다.

와이셔츠 개수를 세고 블라우스와 덧옷 얼룩을 확인한 뒤, 할머니는 내 쪽으로 고개를 휙 돌렸다.

"더위가 많이 꺾였네. 올여름은 정말 더웠어."

"네. 오늘은 바람이 상쾌할 정도네요."

교환권을 받으면서 그런 이야기를 하는데, 뒤에서 문이 열렸다.

문득 그쪽으로 눈을 돌리다가 무심코 "아"라고 목소리를 높였다.

시즈쿠다 씨였다.

진녹색 폴로셔츠가 아니라 노란색 티셔츠를 입었고 배지도 달지 않았지만, 바로 알았다.

그녀도 바로 나를 알아봤는지 눈을 크게 뜨더니 웃어주었다.

"안녕하세요."

듣기 좋은 목소리. 직장을 벗어나서도 살가운 사람이다.

나도 "안녕하세요"라고 인사하고는 카운터에서 몸을 돌려 시즈쿠다 씨에게 공간을 양보했다.

시즈쿠다 씨는 맡긴 옷을 찾으러 온 모양이었다. 교환권을 할머니에게 건네고, 작게 접은 큰 나일론 장바구니를 펼쳤다.

할머니가 잠시 안쪽에 들어갔다가 옷을 들고 나왔다.

"미후유 교복 재킷의 단추가 떨어질 것 같아서 튼튼하게 달아 놨어."

"어머, 몰랐어요. 감사합니다."

비닐에 싸인 남색 교복. 고등학생 딸이 있나 보다.

어쩐지 그 자리를 떠나기 힘들어서 내가 가만히 서 있자, 시즈쿠다 씨가 부드럽게 웃으며 나를 보았다.

"여기 서비스가 좋죠? 양심적인 가격에 옷 수선도 해주세요. 할머니가 양복이며 기모노며 다 전문가세요."

"제대로 손보면 오래오래 입을 수 있어."

할머니가 자랑스레 말했다.

"선라이즈 세탁소의 치유하마예요, 할머니는."

시즈쿠다 씨가 그렇게 말하며 할머니와 얼굴을 마주 보고 웃었다.

"치유하마요?"

처음 듣는 이름이었다. 어리둥절한 나에게 시즈쿠다 씨가 설명해 주었다.

"저 앞에 해돋이 공원이라는 데가 있는데, 거기 있는 하마 이름이에요."

"아, 알아요!"

그 주황색 동물 모형. 그 아이, 이름이 치유하마구나.

"치유하마에게는 자기 몸에서 낫고 싶은 곳과 똑같은 부분을 만지면 회복된다는 전설이 있어요."

"네?!"

진심으로 놀라서 목소리가 커졌다. 할머니가 매우 진지한 얼굴로 말했다.

"정말이야. 나도 치유하마의 허리를 만져서 탈장이 나았어."

말도 안 돼. 페인트칠이 벗겨진 하마에게 그런 힘이 있다니….

"치유하는 하마니까 치유하마!"

검지를 세운 시즈쿠다 씨가 연극 같은 투로 말했다. 나도 모르게 웃음이 비어져 나왔다.

"그런 얘기를 진지하게 받아들이는 사람은 적지만. 저 공원도 그렇고, 치유하마도 그렇고 도무지 개성이 없어."

할머니가 어째서인지 우는 것 같기도 하고 웃는 것 같기도 한 표정을 지었다.

나는 두 사람에게 웃어 보였지만, 속으로는 가슴이 뛰었다.

도시 전설이든 미신이든, 지금 내가 원하는 게 이렇게 가까이 있었다니. 오히려 의학으로는 어찌할 도리가 없는, 내가 회복하고 싶은 것.

나는 가볍게 인사하고 가게를 나섰다.

곧장 공원으로 향했다. 부지에는 변함없이 사람이 없었고 당연하게도 치유하마는 변함없이 거기에 있었다. 어쩐지 나를 기다려 준 것 같았다. 만사태평한 얼굴도, 땅딸막하고 오동통한 몸도 갑자기 사랑스럽게 느껴졌다.

"치유하마."

이름을 부르며 나는 씨익 웃는 듯한 입을 살며시 만졌다.

치유하마, 부탁해.

제대로 말할 수 있던 시절의 나를 돌려줘.

다른 엄마와의 관계를 복원해 줘. 부탁해. 제발.

치유하마는 그저 부드럽게 미소 지었다. 나는 치유하마의 입을 몇 번이고 몇 번이고 쓰다듬으며 눈물지었다.

그다음 주에 바자회 담당끼리 회의가 있었다.

회의가 끝나면 바로 아이들과 함께 돌아갈 수 있도록 우리는 유치원이 끝나기 한 시간 전에 원내 2층에 있는 다목적실에 모였다.

아케미 씨 일행은 함께 왔는지 셋이 모여 앉았다. 그밖에도 엄마들이 열 명 정도 있었고 저마다 근처에 있는 사람과 잡담을 나눴다. 나는 구석 자리에서 무료하게 수첩을 펼쳐 놓고 있었다.

아케미 씨가 중심이 되어 회의를 진행했다. 상품 수집, 선별, 가격 책정 등등. 일정을 짜면서 담당자를 배정했다. 생활용품, 식품, 수예품, 게임 코너 같은 매대 담당도 정했다. 단시간에 막힘없이 결정된 이유는 전적으로 아케미 씨의 호쾌하다고도 할 수 있는 위압감과 흐름이 정체될 것 같으면 바로 제비뽑기를 해서 결과에 불만을 제기하지 못하게 하는 강단 때문이었다.

엄마 중 한 명이 한 가지 질문을 던졌다. 팔다가 남은 상품은 어떻게 하냐는 내용이었다. 그 집 큰아이가 다른 유치원에 다녔을 때 바자회를 담당한 적이 있는데, 남은 물건을 폐기하자니 아깝고 다음 해로 넘기자니 애물단지가 되더라고 했다.

아케미 씨는 별일 아니라는 듯 말했다.

"매대 담장자가 책임지고 파는 거니까 팔다 남은 물건은 그 담당자가 사는 걸로 하면 되지 않겠어요?"

아케미 씨는 게임 코너 담당이 됐다. 팔다 남은 물건이 나오지 않는 '인기 코너'다.

께름칙했지만, 명확한 의견을 제시하는 사람은 없었다. 아케미 씨가 큰 소리로 상황을 정리했다.

"우선은 바자회에서 다 팔도록 각자 노력하면 돼요. 그래도 안 팔리면 나중에 직접 중고로 팔면 되잖아요? 비싸게 팔면 용돈 벌이도 돼요."

묘안이라도 되는 양 그렇게 말했다.

아케미 씨가 "아, 시간이 다 됐네요" 하며 노골적으로 벽시계를 쳐다봐서 어영부영 회의가 마무리될 것 같은 순간이었다.

"그건 아니지 않아요?"

내 맞은편에서 복소리가 날아오자, 순식간에 장내가 조용해졌다. 그쪽으로 고개를 들어 보니, 긴 흑발이 보였다.

키누가와 씨였다. 그녀는 조용하고 부드러운, 거침없는 어조로 말을 이었다.

"우리는 모두 평등하게 담당자로 배정됐을 뿐이에요. 물론 각자 맡은 자리에서 판촉에 힘을 쏟아야겠지만, 팔다 남은 물건을 사비로 책임질 필요는 없다고 생각해요."

아케미 씨는 말문이 막혀 더듬거렸다.

"…그건…, 그럼 키누가와 씨한테는 무슨 대안이 있어요?"

"대안을 찾을 수 있게 이 회의에서 여러분과 같이 생각해 보고 싶은데, 어떠세요?"

키누가와 씨는 전혀 호전적이지 않았고, 온화한 미소까지 띠고 있었다.

나는 그 미소가 낯익어서 깜짝 놀랐다.

치유하마?

아, 내가 무슨 생각을 하는 거지? 이런 순간에 키누가와 씨와 치유하마가 겹쳐 보이다니. 늘씬하고 도시적인 키누가와 씨와 동그랗고 맹한 치유하마는 닮은 구석이 하나도 없는데.

그런데 웬일인지 내 마음속에서 얼음 같은 것이 녹기

시작했다.

"저기."

나도 모르게 목소리가 나왔다. 아케미 씨가 눈을 동그랗게 뜨고 내 쪽을 쳐다보았다. 하지만 나는…, 내 입이 움직였다.

"처음에 상품을 모을 때부터 대략적인 조건을 붙이면 어때요? 어디서 받은 경품이나 덤 같은 건 받지 않는 식으로요."

이전 유치원에서 바자회를 했을 때 담당자 엄마가 한 말이 떠올라서 내놓은 제안이었다. 내 말을 듣고 방금 질문한 엄마가 고개를 끄덕였다.

"아, 그래요. 키즈 메뉴에 딸려 오는 장난감은 절대 안 팔려요."

그 말을 시작으로 이제까지 조용하던 엄마들 사이에서도 조금씩 아이디어가 나왔다.

"양복이나 구두도 받을 때 담당자가 확인해야 돼요. 너무 오래되거나 해진 걸 들고 오는 사람도 있거든요."

"후반에는 상품을 끼워팔기 해서 가격을 내리는 방법도 있어요."

"자잘한 소품이나 장난감은 마지막에 게임 코너 경품이랑 합치면 되지 않을까요?"

아케미 씨는 못마땅하게 입을 다물고 있었지만, 키누가와 씨가 "어떠세요? 아케미 씨가 정리해 주셔야겠어요" 하며 저자세로 지휘를 요청하자 기분이 풀린 듯했다.

아케미 씨의 주도로 의견이 정리된 뒤, 그녀는 전체를 둘러보며 말했다.

"다 같이 협력해서 즐거운 바자회를 만들어요."

그렇게 회의는 종료되었고, 사람들은 하나둘 돌아갔다.

가슴이, 뜨겁게 끓어올랐다.

나는 다목적실을 나서려는 키누가와 씨를 과감히 불러 세웠다. 뒤돌아본 키누가와 씨를 향해 나도 모르게 이런 말이 입에서 튀어나왔다.

"감사합니다."

오랜만에 진심으로 감사한 마음이었다. 키누가와 씨는 "네?" 하며 의아한 표정으로 작게 웃었다.

나는 열심히 말을 이었다.

"키누가와 씨 덕분에 저도 제대로 말할 수 있었어요."

이제야 깨달았다.

매일 아침 버스 정류장에서 한결같이 "안녕하세요"라고 인사하던 키누가와 씨. 나를 포함해, 제대로 대답도 하지 않던 다른 엄마들.

그녀는 결코 말이 없는 사람이 아니었다. 그 누구보다 분명하게, 중요한 말을 하던 사람은 키누가와 씨였다. 그 사실을 회의 때에야 깨닫다니.

나는 제대로 말할 수 있는 나로 돌아가기를 바랐다.

하지만 그건 단순히 '많이 떠드는' 모습을 가리키는 건 아니었다.

진정으로 '말할 수 있다'는 것은 '필요한 말을 제대로 전할 수 있다'는 의미니까.

"저야말로 사와 씨가 제일 먼저 의견을 내주셔서 든든했어요."

키누가와 씨가 씨익 웃었다. 역시 치유하마와 비슷했다.

혼자 묵직하게 자리를 지키며 동요하지 않고 부드럽게 미소를 짓는다.

"…오늘은 일이…."

내가 쭈뼛거리며 말을 꺼내자, 키누가와 씨는 가볍게 고개를 저었다.

"오늘은 휴일이에요."

나는 큰맘을 먹고 물었다.

"무슨 일 하세요?"

키누가와 씨는 주저 없이 산뜻한 미소로 대답했다.

"집 별채에서 요가 교실을 해요."

요가 교실!

키누가와 씨와 무척이나 잘 어울려서 그제야 많은 것이 이해되었다. 똑바르게 선 자세나, 흔들림 없는 정신, 어딘가 신비로운 분위기. 키누가와 씨는 이어서 말했다.

"원래는 토모키가 조금 더 어릴 때 어린이집에 보내려고 했어. 그런데 자택에서 하는 자영업이고 풀 타임도 아니어서 어린이집 입학 심사에서 통과가 안 되더라고. 세 살 때 유치원에 보내자마자 남편이 전근하는 바람에 떨어져 지내게 됐어."

키누가와 씨는 후후 하고 웃으며 어깨를 으쓱했다. 조금 더 일찍 말을 걸었으면 좋았을걸. 이렇게 터놓고 이야기해 줄 줄 알았다면. 벽이나 거리를 만든 사람은 키누가와 씨가 아니라 우리였을지도 모른다.

"그럼 집에서는 완전히 독박육아야?"

나도 편하게 말을 놓았다. 키누가와 씨는 그렇다며 크게 고개를 끄덕였다.

"그래서 내가 직접 페이스를 조절하지 않으면 아무것도 진행이 안 돼. 유치원에선 임원이나 다른 분야 담당자는 작업이며 회의가 1년 내내 조금씩 있잖아. 바자회 담당은 일이 있을 때는 바빠도 단기간에 바짝 하고 끝나니까 그때만 일을 조절하면 돼서 선택했어."

나는 나도 모르게 숨을 뱉었다. 아케미 씨에게 떠밀려서 하고 싶지도 않은 바자회 담당을 선택한 나와는 정반대다.

키누가와 씨와 함께 계단을 내려가서 아이들이 기다리는 1층 교실로 갔다.

아케미 씨가 이끄는 익숙한 3인조와 그 아이들은 이미 없었다.

교실 구석에서 토모키와 미즈호가 종이접기를 하고 있었다. 그렇다. 부모끼리 사이가 어떻든 상관없다. 아이들은 놀 상대를 직접 찾는다. 미즈호가 나를 보고 신나게 달려왔다.

"엄마! 이거 토모키한테 배워서 만들었어."

작은 손에 꽃 모양을 띤 분홍색 색종이를 들고 있었다. 한가운데에 박힌 하얀 원 안쪽에 미즈호의 서툰 글자가 펜으로 적혀 있었다.

히무라 사와.

내 이름.

"줄게. 엄마 거야."

미즈호가 얼굴 가득 미소를 지으며 고개를 기울였다.

꽃 뒤에는 동그랗게 만 셀로판테이프가 붙어 있었다.

그건 내 아이가 만들어 준, 나의 새로운 '배지'였다.

11월, 바자회 당일.

나는 의류 매대에 섰다.

아동복을 중심으로 의류를 진열하고 가격을 매겼다. 눈앞에 손님이 오면 기뻤다. 그리운 감각. 규모도 다루는 물건도 달랐지만, 가슴이 설 다. 역시 나는 가게에 서서 손님을 맞는 일을 사랑하는구나. 새삼 실감했다.

일을 구해야겠다. 우선은 파트타임이어도 괜찮다. 지금의 내가 할 수 있는 범위에서. 밝고 희망찬 감정이 솟아올랐다. 자신감과는 조금 다르다. 그저 '해보고 싶다'는 순수한 욕망이었다.

그 이후 나는 유치원 버스 정류장에 가는 것이 무섭지 않아졌다.

"안녕하세요"라고 인사하고, 필요하면 누군가와 대화하고, 버스에 올라탄 미즈호의 미소에 더 큰 미소로 답하며 손을 흔든다. 충분하다. 그러기 위해 있는 시간이니까.

나는 다른 엄마들과 사만다에 가지 않게 된 대신 가끔 키누가와 씨의 요가 수업을 듣는다.

그렇다. 나는 다른 엄마와의 관계를 회복했다. 나에게 딱 맞는 형태로. 가짜가 섞이지 않은 진짜 나로서.

이제 휩쓸리지 않는다. 해야 할 일을, 하고 싶은 일을 내 페이스에 맞춰 차근차근 해 나간다.

내 가슴에는 아주 멋진 꽃 모양 배지가 달려 있다.

이 세상은 '놀이'가 아니다. 나는 아무도 대신할 수 없는 미즈호의 엄마로서 딱 한 명뿐인 '히무라 사와'로서 이 현실을 살아간다.

손님이 매장 앞에서 걸음을 멈추고 셔츠 하나를 손에 들었다.

나는 그 셔츠의 매력을 전한다. 부드러운 촉감, 견고한 만듦새, 어떤 하의와 입으면 좋을지.

손님이 눈웃음을 지으며 "그럼 이걸로 할게요"라고 말했다.

거스름돈을 받고 기분 좋은 얼굴로 가게를 나서는 손님을 향해 나는 고개를 숙였다. 감사로 가득 찬 명랑한 기분으로.

"감사합니다."

제 3 화

치하루의 귀

니이자와 치하루 씨, 라고 부르는 소리에 의자에서 일
어났다.

처음 온 이비인후과 대기실은 깜짝 놀랄 만큼 붐볐다.

"네."

내 목소리가 먹먹한 귓속에서 윙윙 울린다. 불쾌하다.

어쩌다 이렇게 됐을까. 얼마 전부터 귀가 꽉 막힌 것
같은 답답한 느낌에 시달리고 있다.

아프지는 않다. 외부 소리가 들리지 않는 것도 아니다.

하지만 무어라 표현하기 힘든 불쾌감이 나를 덮쳤다.

내 목소리뿐 아니라 숨 쉬는 소리까지 귀에서 머리로
반향되어 돌아왔다. 온종일 그게 신경 쓰여서 고통스럽

기 그지없었다.

어린 시절부터 병원과는 거리가 먼 건강 체질이었다. 어느 이비인후과가 좋은지, 어떻게 찾아보면 되는지조차 몰랐을 정도다.

간호사가 안내하는 대로 진찰실에 들어가 보니, 심약해 보이는 중년 남자 의사가 앉아 있었다. 그는 나에게 담담히 질문하고, 대답을 진료 차트에 기록했다.

끝에 깔때기 같은 것이 달린 은색 기구로 귓속을 보더니 의사는 나에게 물었다.

"식사는 잘 하세요?"

별로요, 라고 대답하는 그 목소리도 귓속에서 윙윙거렸다.

의사는 수긍한 듯 고개를 끄덕이고 이렇게 말했다.

"갑자기 살이 빠졌죠?"

안쓰러운 눈빛이 나를 향했다. 갑자기 울고 싶어졌다. 마치 "당신, 불행하죠?"라는 질문을 들은 것 같았다.

눈을 떠 보니 벌써 오후였다.

아무도 없는 거실 소파에 앉아서 TV 리모컨을 들고 전원을 켰다.

정보 프로그램. 옛날 드라마 재방송. 홈 쇼핑.

하나같이 시시하다. 내가 보고 싶은 것은 없다.

그런 생각이 들었다가 바로 내가 뭐가 잘났다고, TV에 불만을 말할 처지도 아니면서, 하는 가벼운 자기혐오에 빠졌다.

평일 대낮, 파자마를 입은 채 소파에 기대어 있는 것이 전부인 태만한 나 자신이 나는 버거웠다.

이관개방증.

그것이 내가 받은 진단명이었다.

"평상시에는 닫혀 있어야 하는 이관이 계속 열려 있는 거예요. 귓속 압력이 제대로 조절되지 않는 상태입니다. 원인은 단정할 수 없지만, 갑작스러운 체중 감소나 수면 부족이나…"

의사는 거기까지 설명하다가 한차례 숨을 쉬고 이야기를 마무리하듯 말을 이었다. 마지막으로 간단히 정리하는 말투였다.

"스트레스나 과로로 일어나는 경우가 많아요. 약을 처방해 드릴 수도 있지만, 우선은 쉬는 게 좋겠습니다. 진단서가 필요하면 드리겠습니다."

지금의 나에게는 스트레스로 생겼다는 이 증상이야말로 스트레스였다.

나는 웨딩 컨설팅 업체에서 일한다.

접객, 협의, 영업, 각종 업무 수배. 예식 당일에는 당연히 참석해서 손님을 안내하고 스태프에게 지시를 내려야 한다.

웨딩 플래너가 하는 일은 사소한 것부터 거창한 것까지 다양하다.

손님에게는 일생일대의 경사인 만큼 항상 웃는 얼굴을 유지하는 것도 필수다.

그런데 다른 사람과 대화할 때마다 자신의 목소리가 귓속에서 윙윙거리는 이런 상태에서는 인사 하나 하기도 힘들다. 그게 또 스트레스라 기분이 처져서 악순환이 계속됐다.

그래서 나는 진단서와 약을 둘 다 요구했다. 지푸라기라도 잡는 심정이었다.

의사는 직접 귀를 치료하기보다는 혈류를 개선하고 마음을 안정시키는 효과가 있는 약을 처방해줬다.

'갑자기 살이 빠졌죠?'라고 가엾다는 듯 묻던 의사를 떠올렸다.

실제로 한 달 만에 5킬로그램이 넘게 빠졌다. 원래 마른 편이라 주변에서 항상 '마른 대식가'라는 말을 들었는데, 최근에는 식욕이 완전히 사라져서 젤리 같은 것만 억지로 입에 욱여넣으며 버티는 중이었다.

키 160센티에 40킬로대 중반이던 몸무게가 순식간에 줄어들었다. 30킬로대가 되고부터는 정말 체중계 위에 올라가기도 무서웠다.

나는 TV를 끄고 일어나서 부엌으로 향했다.

뭐라도 입에 넣어야 한다.

그전에 식전 복용이 규칙인 약 봉지를 뜯었다. 작은 글자가 나열된 은색 개별 포장지 때문에 '나는 아프다'라는 의식이 더 강해졌다.

휴직하고 2주가 지났다.

하지만 푹 쉬고 있느냐 하면 자신이 없었다. 회사에서 휴직을 승인받았을 때는 안도했지만, 날이 갈수록 이래도 되는 거냐고 나 자신을 질책하고 싶어졌다.

부모님은 두 분 다 교사여서 아침 일찍 집을 나서고 밤늦게까지 돌아오지 않는다. 아버지는 사립 고등학교, 어머니는 공립 중학교에서 일한다. 부지런한 가족과는 다르게 젊은 나만 집에서 빈둥거리니 면목이 없다.

치료라고 해봤자 수술이나 입원은 필요 없다. 조금씩이라도 먹으려고 노력하면서, 몸을 쉬이면서 귀가 원래대로 돌아오기를 기다릴 뿐이다.

속 편한 병이라고 오해받아도 어쩔 수 없다. 열이나 통증이 없으니 이 괴로움을 다른 사람이 이해하기는 어려

올 것이다. 뚜렷하게 눈에 보이는 증상도 아니어서 출구 없는 터널에 갇힌 것처럼 앞을 알 수 없고 갑갑했다.

귀가 먹먹한 느낌은 누우면 나아졌다. 꽉 막힌 듯 답답한 감각이 순식간에 정상으로 돌아왔다. 그래서 증상이 심해지면 무심코 소파에 쓰러져 누울 때가 많았다.

하다못해 책이라도 읽으려고 했건만, 드러누워 있으니 책을 펼친 채 깜빡 잠들고 만다. 그러면 밤에 잠이 오지 않고, 아침에는 일어나기 힘들어서 악순환이다.

귀뿐만 아니라 마음도 점점 막혀 가는 것이 느껴졌다.

휴직한 덕에 설령 귀가 낫는다고 해도 나는 그 회사로 돌아가서 전처럼 활기차게 일할 수는 없을 것 같았다. 그렇게 생각하면 우울했다.

대학교를 졸업하고 입사한 지 3년. 스물여섯 살이 되었다.

선배를 보필하는 것으로부터 시작해 마침내 혼자 고객을 담당하게 되었고, 열심히 일했다.

웨딩 업계는 나에게 늘 동경의 대상이었다.

다른 사람의 행복을 가까이서 지켜볼 수 있는 웨딩 플래너가 돼서 정말 기뻤는데.

나는 일을 사랑했는데.

같은 부서에 있는 스미에의 얼굴이 떠오르자, 속에서

쓸쓸한 것이 밀려 올라왔다.

깔끔하게 속눈썹을 연장한 큰 눈. 낭랑하고 높은 목소리. 그 천진난만한 밝음으로 나를 엉클어뜨린 스미에.

그녀가 동종 업계 타사에서 이직해 온 것은 반년 전이었다. 나보다 한 살 어리지만, 전문대학을 졸업하고 바로 취직해서 경력이 길었다.

말투가 명료하고 결정 사항을 빠르게 처리하는 스미에는 진득하게 고객과 마주하는 나와는 일하는 방식이 달랐다. 상사는 어느 쪽이 좋고 나쁘고의 문제가 아니라고 말했지만, 그녀의 계약 성공률이 나보다 높은 것은 명백했다.

스미에에게 짓눌려서 병에 걸렸다고 하면 지나친 변명일지도 모른다. 하지만 그녀 때문에 내가 여유를 잃은 것은 분명하다.

영업 목표치를 달성하지 못해서 늘 초조함에 시달렸다. 사소한 실수가 잦아졌고, 그럴 때마다 내 무능함을 한탄하며 좌절했다. 고객의 반응도 하나하나 과민하게 받아들였고 점점 자신이 없어졌다.

나도 스미에처럼 되어야 하는 걸까.

아무튼 지친 상태였다. 여러 가지 면으로.

잔에 따른 물과 함께 가루 형태인 약을 입에 흘려 넣

었다. 형용하기 어려운 이상한 맛이었다. 도무지 이게 나를 건강하게 만들어 줄 것 같지가 않았다.

오후 볕이 들어오는 거실은 밝았다.

뭘 먹으면 좋을지 떠오르는 것이 없어서 나는 창문을 열고 밖을 보았다.

4월에 이 아파트로 이사했다. 어드밴스 힐이라는 5층짜리 신축 분양 아파트로, 부모님은 자신들의 마지막 보금자리라고 말했다.

성실한 분들이다. 한 번도 세상의 기대에 어긋나지 않고 열심히 일해서 돈을 모았다.

오랜 세월을 교단에 선 두 사람은 앓아누운 나에게 과하게 이래라저래라 하지 않았다. 어쩌면 다양한 사정으로 주저앉아 버린 학생을 많이 봐 왔기 때문인지도 모른다.

3층에 있는 우리 집 베란다에서는 맞은편 건물이 시야를 가리지 않아서 하늘이 보인다.

10월의 상쾌한 가을 날씨였다. 결혼식 하기 딱 좋은 날씨. 한창 성수기인데 나는 뭘 하는 걸까.

이런 날에는 온 세상이 동시에 바깥의 아름다움을 노래하는 느낌이었다. 나는 방 안에 틀어박혀 있는데. 구름 한 점 없는 푸른 하늘을 괴롭게 여기는 나 자신이 미왔다.

"아, 이런. 달걀이 없네."

저녁 식사 후, 문 열린 냉장고 앞에서 엄마가 말했다.

매일 아침 아빠와 본인 몫으로 2인분의 도시락을 준비하는 엄마에게 달걀은 필수품이란 걸 전부터 나는 알고 있었다.

시계를 보니 밤 아홉 시가 넘었다. 가장 가까운 마트는 문을 닫았을 시간이다.

나는 소파에서 일어났다.

"내가 편의점에서 사 올게. 내일 아침에 필요하잖아."

"괜찮아. 달걀말이 없이 싸면 돼."

엄마는 냉장고 문을 닫으면서 웃었지만, 나는 파카를 입고 스마트폰을 주머니에 넣었다.

"잠깐 산책하고 올게. 몸이 찌뿌둥해서."

그 말은 사실이었다.

몸을 움직이는 게 좋은 것은 안다. 하지만 낮에는 나른해서 움직일 수 없었다. 해가 져야 그나마 몸이 가벼운 느낌이었다.

"조심히 다녀와."

"응."

이 시간에는 사람들이 대부분 일을 마치고 집에서 느긋이 쉰다.

그렇게 생각하니 어쩐지 마음이 편했다.

내가 일하지 않는다고 기죽을 필요는 없다. 가족을 돕는 일도 내게는 안정감을 준다. 겨우 편의점에 달걀을 사러 가는 것뿐이지만.

지갑이 든 토트백을 어깨에 메고 밖으로 나왔다.

오른쪽, 왼쪽 번갈아 나아가는 스니커즈를 응시하면서 보도를 걸었다. 고개를 드니 자동차 전조등과 신호등이 어둠 속에서 반짝반짝 빛나서 아름다웠다.

그때 띠링 하고 메시지 착신음이 났다.

파카 오른쪽 주머니에서 스마트폰을 꺼냈다.

빛나는 화면에 글자의 나열.

[몸은 어때?]

동기 시마타니 요지가 보낸 메시지였다.

쿵, 하고 아픔을 동반하며 심장이 울렸다.

미리보기만 확인하고 메시지를 열지는 않으려고 했는데, 화면에 손이 닿아서 읽음 표시가 떠 버렸다.

어쩔 수 없다. 나는 길가에 멈춰 서서 짧게 답장을 보냈다.

[똑같아.]

그러자 곧바로 읽음 표시가 뜨고 말풍선이 나타났다.

[그렇구나. 나도 똑같아. 가예약 세 건이 연달아 취소
됐어.]

울먹이는 토끼 이모티콘이 함께 왔다.

나는 그 토끼를 멍하니 바라보았다.

내가 휴직하고 나서도 요지는 가끔 이렇게 연락을 한
다.

그는 내가 어쩌기를 바라는 것일까. 나는 어떻게 해야
할까.

요지는 말투가 부드럽고 붙임성이 좋지만, 그만큼 본
심을 가늠하기 어렵다. 속은 기분이 든다. 그 다정한 미
소 뒤에서 누군가가 상처 입는다는 사실을 그는 모른다.

그런 의미에서는 스미에와 비슷한 유형의 사람이라고
생각한다.

지금까지 그의 언행에 남몰래 마음 아파한 적이 여러
번 있었다. 그렇다고 내가 본인에게 그 사실을 지적한 적
은 한 번도 없다. 같은 회사에서 얼굴을 마주해야 하니
어색해지고 싶지 않았다.

내가 참으면 그만이다. 그뿐이다.

건강할 때였으면 웃으며 아무렇지 않은 척할 수 있었
을 텐데, 몸이 좋지 않은 지금의 나에게 요지는 만나기

싫은 사람이었다.

아니, 만나기 무서운 사람이었다. 스미에 다음으로.

요지가 어떤 생각으로 연락하는지, 그의 진의를 생각하지 않으려고 거리를 유지하는 것 말고는 내가 할 수 있는 일이 없었다.

나는 대답하지 않고 그대로 스마트폰을 주머니에 넣었다.

밤길을 걸어서 편의점에 도착했을 즈음 또다시 메시지 착신음이 울렸다.

아마 요지일 것이다. 보고 싶지 않다.

목적도 없이 가게 안을 천천히 구경하다가 달걀을 사서 토트백에 넣은 뒤에야 화면을 열었다.

[나도 슬렁슬렁할 거니까 치하루 너도 무리하지 마.]

…다정하다.

나는 웃지도 못하고 스마트폰을 고쳐 쥐었다.

고양이가 '고마워' 하며 고개 숙이는 이모티콘을 하나 보내고 화면을 닫았다.

요지와 채팅을 마친 후 어쩐지 심란해서 바로 집에 갈 마음이 들지 않았다.

지나온 길로 돌아가지 않고 편의점 앞쪽으로 걸어갔

다.

주택가로 들어가 보니 오래된 독채 1층에 세탁소가 있었다. 가게는 이미 영업이 끝났고, 붉은 차양에 '선라이즈 세탁소'라고 적혀 있었다.

아마 옛날부터 여기 있어서 지역 주민들이 오랫동안 이용해온 곳이리라.

나는 가게 앞 자판기에서 별 뜻 없이 뜨거운 커피를 샀다.

춥다고 생각하지 않았는데, 캔의 따뜻함이 손에 전해지자 기분이 좋았다. 그제야 손끝이 차가웠단 걸 깨달았다.

가방에 넣지 않고 캔을 쥔 채 계속 걸었다. 좁은 산책길은 아파트 단지와 완만하게 이어져 있었다.

여기저기서 방을 밝힌 등이 커튼 너머로 색조를 흘트렸다. 창문을 열어 둔 집도 있는지 다양한 소리와 다양한 냄새가 섞여서 돌아다녔다.

길을 걷다가 베이지색 트렌치코트를 입은 아저씨를 스쳐 지나갔다. 케이크 상자를 들고 있었다. 서둘러 귀가하는 회사원 같았다. 이 많은 아파트 중 어딘가에 사는 모양이다.

저 네모난 상자 속에 방이 몇 개나 있고, 그 안에 저마다 가족이 살고….

많은 사람이 결혼했구나.

그리고 앞으로 결혼할 사람도 있겠지.

나는 언젠가 하려나, 결혼? 그런 사람을 만날 수 있으려나?

이리저리 떠다니는 생각을 머릿속으로 굴리면서 조금 걸어가자, 놀이터가 보였다. 회색 석판에 '해돋이 공원'이라고 새겨져 있었다.

해돋이.

선라이즈.

그렇구나. 그 세탁소 이름은 마을 이름에서 따온 것 같네. 그렇게 깨닫고 수긍했다.

공원에는 아무도 없었다. 옥외등이 입구에 두 개, 안쪽에 두 개 달려 있었다. 형광등 빛에 반사되어 땅딸막하고 오동통한 무언가가 보였다.

하마 모형이었다.

나는 푸근하고 무해한 그 모습에 편안함을 느끼며 가까이 다가갔다.

칠이 벗겨진 그 하마는 검은 눈동자가 군데군데 하얗게 바래서 꼭 울먹거리는 것처럼 보였다. 그런데도 입은 해맑게 웃고 있어서 어쩐지 대견했다.

천진난만하게 이쪽을 올려다보는 그 하마에게 마음이 사르르 녹았다.

나는 하마 위에 앉아서 둥근 등에 살며시 손을 얹었다.

캔커피를 땄다. 입가로 가져오니 좋은 향기가 났다. 꿀꺽, 하고 한 모금 마시자, 귓속에서 그 소리가 메아리쳤다. 꿀꺽.

아직도 익숙하지 않다. 언제쯤이면 나을까.

'이관개방증'이라는 병명을 진단받았을 때, 어떤 한자로 구성된 단어인지 금방 상상되지 않았다.

이관개방이라는 말을 듣고 머릿속에 떠오른 것은 '시간 해방(일본어로는 '이관개방'과 '시간 해방'이 동음이의어다. - 옮긴이 주)'이었다.

시간을 되돌리고 싶다는 무의식이 드러난 것인지도 모른다. 마냥 즐거웠던 시절로.

다행히 청바지 차림이었기에 나는 다리를 벌려서 하마에 올라탔다.

문득 이나시로 씨라는 고객이 떠올랐다.

"제가 백마를 타고 등장하면 안 될까요?!"

그렇게 외친 이나시로 씨는 55세 남성이었다.

신부의 3배는 될 것 같은 커다란 몸을 앞으로 쭉 빼고 빠르게 재잘거리는 사람이었다.

그밖에도 "연예인 축하 멘트 영상을 찍어 올 수 있는 사람은 없나요?"라든가 "유나는 웨딩드레스를 입은 다음에 하얀 기모노로 갈아입었으면 좋겠고, 그 이후에도 한 다섯 번은 새로운 옷으로 갈아입었으면 좋겠어요"와 같이 낮은 예산으로 온갖 무리한 요구를 했다.

이나시로 씨는 초혼이었고, 아내인 유나 씨는 열다섯 살 연하였다. 연예인처럼 이목구비가 뚜렷하고 아름다운 미인이었다. 유나 씨는 거의 말하지 않고 그저 조용히 이나시로 씨 옆에 앉아 있었다.

결혼식에 관한 희망 사항을 나서서 말하는 사람은 신부인 경우가 많다. 신랑 측에서 이렇게 연달아 열렬한 요청을 하는 일은 드물었다.

나는 쉽지 않은 고객을 만났다고 생각하면서도 내심 감동했다. 어쨌든 그는 아주아주 열심이었다. 기왕 담당이 됐으니 어떻게 하면 조금이라도 이나시로 씨의 소원을 이루어 줄 수 있을지 이리저리 고민하는 게 나도 즐거웠다.

그런데 귀의 상태가 점점 나빠졌다. 이나시로 씨는 내가 휴직하기 전에 예식까지 담당한 마지막 고객이었다.

몸이 좋지 않은 것을 티 내지 않으려고 노력했지만, 예식이 코앞인 중요한 시기에 내가 소통을 잘해 냈느냐고 묻는다면 사실 자신이 없다.

결혼식 당일, 이나시로 씨는 계속 뚱한 얼굴이었고 마지막에 가볍게 인사하고 헤어진 것이 끝이었다.

그 뒤로 계속 찜찜했다. 나에게 무언가 부족한 점이 있었을까. 불안해하면서도 이나시로 씨에게 묻지는 못했다.

불안. 그렇다. 나는 늘 불안하다.

다른 사람이 나를 어떻게 생각할까. 내가 제대로 일하고 있나.

그리고 지금…. 이제 나는 어떻게 해야 할까, 어떻게 될까 하는 마음에 불안은 더 커지기만 했다.

나는 하마 위에 올라탄 채 커피를 마셨다.

늦은 밤 공원에 하마와 단둘이. 공기가 고요하고 선선해서 조금 전까지 심란하던 마음이 차분해졌다.

나는 상반신을 앞으로 기울여 하마의 머리에 뺨을 댔다.

또 여기 오자. 지금의 내가 만날 대상은 이 아이 하나면 충분하다.

"아, 세탁소에 맡겼어야 했는데. 깜빡했다."

엄마의 달걀에 이어 이번에는 아빠였다.

어젯밤, 아빠는 자기 전에 갑자기 무언가가 떠올랐는지 옷장을 뒤적였다.

다음 주에 아빠가 일하는 고등학교에서 창립 50주년 기념식이 있다고 했다. 아빠는 남색 양복을 들고 얼굴을 찌푸렸다.

아빠는 체육 교사라서 제대로 된 양복은 거의 입지 않는다. 내가 아는 한, 있는 양복도 그 한 벌뿐이었다.

지난 입학식 때 입고서 좁은 옷장에 처박아 놓은 채로 깜빡했나 보다.

옷깃이 구겨져서 주름졌다. 옷자락도 볼품없이 꼬깃꼬깃했다. 깨끗하게 빠는 것도 좋지만, 그보다는 먼저 빳빳하게 다려야 할 것 같았다.

"내가 내일 세탁소에 다녀올까?"

내가 말하자 아빠의 얼굴이 확 밝아졌다.

"그래 줄래?"

"응. 얼마 전에 마침 세탁소를 찾았거든."

이렇게 된 김에 이걸 핑계 삼아 오전에 움직일 생각이었다. 밤낮이 뒤바뀐 생활은 이제 정리해야겠다.

그렇게 다짐했는데, 역시나 잠에서 깨고도 미적거리다

가 오후 세 시가 넘어서야 집을 나섰다. 요즘 나는 정말 해이하다.

선라이즈 세탁소의 미닫이문을 열어 보니, 몸집이 작은 할머니가 혼자 카운터 너머에 앉아 있었다. 고개를 들고 나를 본다.

"어서 오세요."

나는 아빠의 양복을 카운터 위에 펼쳤다. 할머니는 얼른 안경을 쓰고 양복을 꼼꼼히 확인했다.

"꽤 오래 입었네. 아버지 거야?"

할머니는 살짝 웃었다. 양복에도 유행이 있다. 옛날에 유행하던 양복을 아직도 입는 게 우스웠는지도 모른다.

"네. 창피하네요…."

내가 어깨를 으쓱하자, 할머니는 진지한 표정을 지었다.

"창피할 일이 아니야. 옷 한 벌을 관리하면서 오래도록 입는 건 사랑스러운 일이야. 몸이랑 똑같아."

"몸이랑요?"

내 목소리가 너무 작아서 들리지 않았는지 할머니는 대답하지 않고 손으로 옷깃을 쓸며 또다시 웃었다.

"하지만 아버지가 관리에는 별로 소질이 없나 보네. 나한테 맡겨 봐. 쌩쌩하게 다시 태어날 거야."

할머니는 능숙한 손놀림으로 교환권을 잘랐다.

나는 요금을 내고 작은 쪽지를 받아서 가게를 나왔다. 다리가 저절로 해돈이 공원으로 향했다. 그 하마를 만나기 위해서.

놀이터에 도착해 보니 먼저 온 손님이 있었다. 낯익은 얼굴.

우리 아파트 2층에 사는 히무라 사와 씨다. 딸인 미즈호도 같이 있었다.

히무라 가족은 우리 집 바로 아래 살아서, 우리 가족이 입주했을 때 선물로 수건을 들고 다 같이 인사하러 갔다. 미즈호는 유치원에 다니는 것 같았다. 그러고 보니 아파트를 살펴보러 모델 하우스에 갔을 때도 마주쳤다. 귀여운 아이라고 생각한 기억이 난다.

사와 씨는 30대 중반이다. 언제 봐도 잘 갖춰진 모습.

고급스러운 옷을 입는다기보다는 차림새가 깔끔하고 편안해서 멋있다. 평상복을 센스 있게 입는 게 진정한 멋쟁이라는 생각이 든다.

미즈호는 신나게 그네를 탔다.

사와 씨는 그 옆에서 하마의 등에 앉아 있었다.

다음에 다시 와야겠다고 생각한 순간, 갑자기 사와 씨가 나를 보았다.

"어머, 치하루. 안녕."

사와 씨의 호의가 담긴 미소를 보니 그대로 떠나기 뭐해서 나는 놀이터로 들어갔다.

이 시간에 헐렁한 맨투맨 티와 청치마를 입고 한가하게 돌아다니는 내게 사와 씨는 "회사는?" 같은 질문을 던지지 않았다. 아무렇지 않게 받아들여 줘서 마음이 편했다.

그러고 보니 나는 회사에 다닐 때도 보통 평일에 쉬었으니, 그런 생각은 자의식 과잉일지도 모르겠다.

사와 씨는 숄더백을 어깨에 대각선으로 메고 손에는 건반이 그려진 토트백을 들고 있었다. 미즈호의 가방인가 보다.

"이 놀이터 좋지? 조금 구석져서 볕은 안 들어도 그 덕에 사람도 별로 없고. 나도 가끔 와. 이 아이를 만나러."

그 말에 깜짝 놀랐다.

사와 씨도?

"그거 알아? 치유하마의 전설."

밝게 묻는 사와 씨에게 나도 되물었다.

"치유하마예요? 얘 이름."

"그런가 보더라고. 자기 몸에서 낫고 싶은 곳이랑 똑같

은 부분을 만지면 치유된대. 치유하는 하마니까 치유하
마. 단순하지."

사와 씨는 검지를 세우고 조금 익살스럽게 웃었다.

"…사와 씨도 어디가…"

내가 어정쩡하게 말끝을 흐리며 묻자 사와 씨는 먼 곳
을 바라보는 듯한 눈빛으로 살짝 미소 짓더니, 어쩐지 즐
겁다는 듯 말했다.

"응. 낫고 싶은 데를 치유하마가 회복시켜 줬어. 하지만
조금 나아졌다고 방심하면 다시 도질 수 있으니까 이렇
게 가끔 만지러 와."

관리…인가.

나는 그 할머니의 말을 떠올리면서 사와 씨의 어딘가
만족스러운 표정을 보았다.

사와 씨는 치유하마의 입에 다정하게 손을 얹고 아이
를 달래듯 가볍게 토닥였다.

그리고 손목시계로 힐끔 눈길을 던지더니, 그네 쪽으
로 고개를 돌렸다.

"미즈호, 이제 피아노 교실 갈 시간이야."

미즈호가 "네에" 하면서 그네에서 뛰어내렸다.

"그럼 다음에 보자."

안녕, 하며 손을 올리는 미즈호에게 나도 손을 흔들어

주고 사와 씨에게 고개 숙여 인사했다.

모녀가 놀이터를 떠나자마자 나는 치유하마 앞에 쪼그려 앉았다.

치유하마.

너, 그렇게 멋진 이름이 있었구나.

나는 치유하마의 귀에 손을 뻗고 살며시 쓰다듬었다. 살며시, 살며시.

어째서일까. 그러고 있자니 정말로 치유하마가 아픈 귀 때문에 고통스러워하는 것 같다는 착각이 들었다.

괴롭지, 힘들지. 가여워라.

몇 번이나 쓰다듬다 보니 가슴속에서 절절한 감정이 올라왔다.

회사에서 일어난 괴로운 일이 하나둘 떠오른다.

나를 압박하던 목표치, 번잡하고 귀찮은 사건들, 외부 스태프와의 충돌, 고객의 클레임…. 그중에서도 역시 내 뇌를 가장 강렬하게 지배하는 것은 그 두 사람이었다.

스미에. 걔만 없었으면.

요지. 걔 잘못이야.

내가 이렇게 된 건 그 둘 때문이야.

휴직한 나를 겁쟁이라고 비웃겠지. 걱정하는 척하면서.

나만, 왜 나만 불행할까.

아, 하지만 요지의 메시지. 가예약 세 건이 연달아 취소됐다고 했다.

가볍게 말했지만 상당한 타격이었을 것이다.

"쌤통이다."

무심코 입에 담은 말이 머릿속에서 메아리쳐서 깜짝 놀랐다.

방금 그게 정말 내 목소리인가.

마치 악마가 내 귓가에 대고 그렇게 속삭인 것 같아서 오싹했다.

나는 방금 못되게 말하면서 웃고 있었다. 아주 흉한 얼굴이었을 것이다.

싫다. 싫다, 싫다, 싫다.

나는 일어나 달려서 공원을 빠져나갔다.

귀의 상태는 이랬다저랬다 했다. 그게 나를 더 초조하게 만들었다.

잠깐 편해졌다가 몇 시간 후에는 다시 힘들어졌다. 식욕도 돌아왔나 싶다가도 이튿날 아침이면 몸이 음식을 거부했다. 내 의지로 제어할 수가 없어서 괴로웠다.

며칠 동안 내내 비가 와서 기압 변동이 점점 심해졌다.

모처럼 '치유하마의 전설'을 들었는데, 놀이터에도 발

길이 뜸해졌다.

치유하마에게 얘기하는 건 내 마음을 거울에 비추는 일이었다. 나는 그것이 무서웠다.

그런 여러 이유로 세탁소에 맡긴 옷을 까맣게 잊어버렸다. 기념식을 앞두고 아빠가 "양복은 언제쯤 돌아오려나?" 했을 때 그제야 생각났다.

교환권을 확인해 보니, 이틀 전에 찾아왔어야 했다.

저녁에 비도 그쳤기에 양복을 넣을 큰 종이가방을 챙겨서 밖으로 나갔다.

선라이즈 세탁소의 미닫이문을 열었다.

잡지를 읽던 할머니는 고개를 들고 페이지를 덮었다.

내가 교환권을 내밀지도 않았는데, 할머니는 안쪽으로 들어가서 비닐에 싸인 남색 양복을 카운터로 가져왔다.

투명한 비닐에 싸여 있는데도 양복이 '쌩쌩하게' 다시 태어난 걸 알 수 있었다.

나는 되살아난 양복을 주름지지 않도록 신중하게 개서 종이가방에 넣었다. 그러자 할머니가 조용히 내 쪽으로 손을 내밀었다.

"자."

할머니의 손바닥에 놓인 것은 노란 셀로판지에 싸인 사탕 한 알이었다.

문득 카운터를 보니 연필꽂이 옆에 빈 잼 병이 있었고, 그 안에 똑같은 사탕이 가득 차 있었다.

나는 꿀벌 그림이 그려진 사탕을 받아들었다. 벌꿀 사탕인가 보다.

"영양가가 있으니 먹어. 낯빛이 조금 안 좋아."

할머니의 말에 눈물이 나올 뻔했다.

따뜻한 말을 들을 줄 몰랐기에 무심코 푸념 같은 속마음이 입 밖으로 튀어나왔다.

"뭔가…, 자꾸 불안해져요."

불안해져요. 해져요. 한심한 고백에 내 목소리가 몇 번 더 겹친다.

할머니는 천천히 말했다.

"나는 불안도 훌륭한 상상력이라고 생각해."

"…상상력이요?"

"그래. 불안은 아직 일어나지 않은 일이나 다른 사람을 생각하면서 느끼는 거잖아. 그걸 머릿속에 그려내는 게 상상력이 뛰어나다는 증거야."

불안을 느끼는 것은 상상력이 뛰어나서다.

그렇게 생각해 본 적이 없었다.

나는 어쩐지 구원받은 기분으로 깊은 한숨을 흘렸다.

"상상력은 좋은 데에 쓰는 건 줄 알았어요."

"물론 그렇지. 타인을 신경 쓰는 마음이나 배려도 다 상상력이야. 불안을 잘 느끼는 사람은 아마 다정한 사람일걸."

아니…, 그렇지 않아요.

뜻대로 되지 않는 일을 남의 탓으로 돌리는 비겁한 나 자신이 괴로워서, 힘들어서….

나는 그렇게 생각하면서도 말로 뱉지는 못하고 입술을 깨물었다.

할머니는 아주 살짝 고개를 기울였다.

"미래의 일 말고, 다른 누군가의 감정 말고 지금의 네 감정만 들여다봐. 사탕이나 녹여 먹으면서."

밖으로 나와 보니 이미 석양 무렵이라 해가 지고 있었다.

전에 여기를 찾아왔을 때보다 서늘해졌다. 계절이 변해 가는 것을 느꼈다.

나는 벌꿀 사탕을 녹여 먹으면서 놀이터까지 걸었다.

해돋이 공원은 변함없이 한산해서 아무도 없었다. 그래서 마음이 편했다.

마치 나만의 비밀 기지 같았다. 그리고 마치 치유하마가 나를 기다려 준 것 같았다.

나는 치유하마가 있는 곳으로 걸어가서 종이가방을 발치에 놓았다.

치유하마를 마주 보듯 쪼그려 앉자, 정확하게 눈높이가 맞았다.

만사태평한 그 표정을 보면서 사탕을 입안에서 천천히 굴렸다.

일시적인 효과일지도 모르지만, 사탕을 먹으니 귀가 조금 편해진 느낌이었다. 소박한 추억의 단맛이 혀를 감싼다.

'미래의 일 말고, 다른 누군가의 감정 말고 지금의 네 감정만 들여다봐.'

내 앞에 치유하마의 둥그렇고 큰 얼굴이 있다.

두 손으로 뺨을 만지고 이마를 만지다가, 귀에 손을 대고 천천히 쓰다듬었다.

"좋아했어."

뱉어 버린 목소리.

치유하마가 들었다. 그런 느낌이 들었다.

나는 진심을 털어놓았다. 내 마음을 전부.

요지를 오랫동안 좋아했어. 누구보다 가까운 사이라고 생각했어.

입사한 해의 하나뿐인 동기였던 요지.

금방 친해져서 많은 이야기를 나눴다.

좋은 웨딩 플래너가 되도록 노력하자고 서로 응원했다. 시간이 맞으면 식사하러 나가서 레스토랑을 연구하고, 전국에 있는 결혼식장 팸플릿을 모아서 공부하고, 고기 뷔페를 걸고 누가 더 빨리 목표치를 달성하는지 내기했다.

요지는 "치하루랑 있으면 재미있어"라고 말했다. 어떤 이야기든 할 수 있다고 했다.

그런 말과 태도를 호감으로 받아들여서 무심코 기대했다. 그렇게 천천히 자연스럽게 요지의 연인이 되기를.

줄곧 곁에 있었다. 줄곧 요지를 바라봤다.

그래서 요지와 스미에가 서로에게 끌린다는 것도 누구보다 일찍 눈치챘다.

하지만 직접 확인할 수는 없었다. 그 사실을 인정하기가 무서웠다.

그러던 어느 날, 밖에서 거래처 사람을 만나고 돌아가는 길에 우연히 목격하고 말았다.

프렌치 레스토랑 앞, 두 사람의 데이트 현장을.

두 사람은 그 자리에서 굳어 버린 나를 보지 못했다. 서로 얼굴을 마주 보며 웃을 뿐이었다.

그날은 두 사람 다 휴무일이었고, 단순히 함께 식사한 게 전부라면 결정타가 되지는 않았을 것이다. 누구에게나 스스럼없는 요지가 활동적인 스미에와 함께 '레스토랑 연구'를 했다고 해서 사귄다고 볼 수는 없었다.

하지만 건물 입구에서 스미에의 등에 다정하게 살며시 닿던 요지의 손.

나는 그것을 보고 확신했다.

그건 친구를 대하는 태도가 아니었다. 명백히 사랑하는 연인을 대하는 손길이었다.

회사에 소문이 돌지는 않았다. 두 사람이 능란하게 숨겨서인지, 아니면 내가 착각했을 뿐이고 그냥 친한 동료 사이인 건지 알 수 없었다.

이미 상태가 좋지 않던 귀가 극단적으로 나빠진 것은 그때부터였다.

그로부터 며칠 뒤 요지가 "너한테 할 말이 있는데, 한잔하러 갈래?"라고 말했다.

쑥스러운 미소. 스미에와 관련된 일이 분명했다.

나는 이런저런 이유를 갖다 붙여서 제안을 거절했다.

귀의 상태는 이후로도 나빠져만 갔다. 그리고 나는 요지와 둘이서 대화할 기회를 거부한 채 휴직해 버렸다.

왜 내가 아니야?
몇 번이고 몇 번이고 되풀이되는 속절없는 생각.

요지, 왜 내가 아니라 스미에를 택했어?
나한테 그렇게 배려 넘치는 태도를 보였으면서.
스미에, 나한테서 일과 요지를 다 뺏어 가지 마.
내가 필사적으로 쌓아온 걸 아무렇지 않게 무너뜨리지 마.
너무해. 둘 다 너무해.
나를 불행하게 만든 너희는 행복해질 수 없어.

치유하마는 울먹이는 눈동자로 나를 바라보았다.
모든 것을 이해한 듯.
그 얼굴을 보니 큰 한숨이 나왔다.

…아니야. 아니잖아.
사실은 알고 있었다.

요지도, 스미에도 아무 잘못 없다.

그저 열심히 일하다가 서로 좋아하게 됐을 뿐.

그리고 나는 혼자 자멸해 갈 뿐이다.

분명하게 확인도 못 한 채로, 내 마음을 요지에게 전하지도 않고 도망쳤다.

두 사람의 관계를 아는 게 무서워서.

듣고 싶지 않아서.

나는 치유하마의 귀를 계속 쓰다듬었다.

치유하마, 도와줘.

괴로운 현실을 받아들이지 않는 귀.

불안이라는 상상력에 짓눌려 막혀 버린 귀.

그 탓에 내 목소리만을 듣는 귀.

외부로 향해야 할 감정이 모두 나 자신에게로 튕겨져 돌아온다.

치유하마, 도와줘. 치료해 줘.

다른 사람의 행복을 바라는 나를 부디 되돌려 줘.

이튿날, 봉해진 편지가 집에 도착했다.

회사에서 온 것이었다. 퇴직 권고일지도 모른다고 겁을 내며 뜯어 보니, 안에서 또 다른 봉투가 나왔다.

'고객님이 보내신 편지입니다. 댁으로 보내드립니다'라고 총무부에서 적은 쪽지가 붙어 있었다.

보낸 이는 이나시로 씨였다.

몸이 경직됐다. 이나시로 씨가 나에게 뭔가 하고 싶은 말이 있었나. 클레임인가.

한동안 봉투를 빤히 응시한 채 움직이지 못했다.

붓으로 적은 커다란 글자.

덩치도 크고 목소리도 큰 이나시로 씨가 그대로 드러나 있는 것 같았다.

나는 마음을 굳게 먹고 식탁 의자에 앉아서 천천히 편지지를 펼쳤다.

니이자와 치하루 님

오랜만에 인사드립니다.

결혼식 때 담당해 주신 이나시로입니다. 그때 정말 감사했습니다.

근무하시는 회사에 용건이 있어서 며칠 전 전화를 드렸는데, 치하루 씨가 아파서 쉬신다길래 놀랐습니다. 건강은 어떠신가요?

결혼식 후에 제대로 인사도 못 드려서 죄송합니다.

감격에 겨워서 결혼식 전날 밤부터 한숨도 못 잤는데, 당일에 그 많은 하객 앞에 서니까 너무 긴장되고 쓰러질 것 같아서 제 몸 하나 건사하기도 버거웠습니다.

정말 덩치만 큰 새가슴이죠.

치하루 씨 덕분에 더할 나위 없이 예식을 치렀습니다. 친척들과 친구들도 아주 좋은 결혼식이었다고 하더군요.

하지만 제가 가장 더할 나위 없다고 느낀 것은 예식을 올리기 전까지 치하루 씨와 해 온 회의였습니다.

그 이야기를 전하고 싶어서 붓을 들었습니다.

아시는 것처럼 저는 초혼입니다.

평생 독신으로 살 줄 알았습니다. 그것도 나쁘지 않다고 생각했죠.

그런데 쉰이 넘어서 유나를 만나고 첫눈에 사랑에 빠졌습니다.

부끄럽지만 저에게는 첫사랑입니다.

저 나름대로 애정 공세를 펼쳤지만, 아시다시피 유

나는 엄청난 미인 아닙니까. 사람들에게 "안 돼, 포기해. 너랑 사귀어 줄 리가 없어"라는 말들을 지겹도록 들었습니다.

그리고 어찌 된 일인지 연인이 되고 나서도 "그냥 너를 갖고 노는 거야. 결혼은 못 할걸" 하며 비웃더군요.

'안 된다', '못 한다', 그런 말을 듣는 데 저는 익숙해졌습니다.

내가 뭘 하려고 하든 사람들은 못마땅하게 보는구나 싶었습니다.

기어이 성취한 이 결혼도, 어차피 언젠가는 끝날 거라고 대놓고 말하는 사람도 있었습니다.

하지만 치하루 씨.

치하루 씨는 제가 어떤 억지스러운 요구를 하든 절대로 '안 된다'고 하지 않았습니다.

제가 원하는 바를 이루어 주기 위해서 최대한 근접한 대안을 성심성의껏 찾아 줬습니다.

저조차 불가능할 거라고 생각했던 것들을요.

사실 제 요구들은 전부 유나가 원하는 것들이었습니다.

말주변이 없는 유나를 대신해서 제가 설명한 겁니다.

저는 유나를 기쁘게 해 주고 싶어서 필사적이었습니다. 유나는 재혼입니다. 첫 번째 결혼 때는 혼인신고만 하고 식은 올리지 않았다고 합니다.

저는 일생에 한 번뿐인 최고의 결혼식을 유나에게 선물하고 싶었습니다.

처음에는 그런 마음으로 이것저것 문의했는데, 어느샌가 치하루 씨와 함께 결혼식 계획을 짜는 것 자체가 즐거워졌습니다.

치하루 씨가 축복해 주는 그 마음, 저희 두 사람에게 소중한 하루라는 것을 이해해 주는 그 마음이 늘 저희에게 와닿았습니다.

진심으로 고맙습니다.

유나도 좋은 담당자를 만나서 정말 행복했다고 했습니다.

저는 아내에게 꽉 잡힌 채로 계속 사이좋게 지내고 있습니다. 앞으로도 그러고 싶습니다. 누군가에게 안 된다는 말을 듣더라도, 치하루 씨를 떠올리면 우리는 괜찮을 거라는 마음이 생겨납니다.

혹시 저희 결혼식 때문에 몸이 힘드셨나요?

제 일만으로 벅차서 치하루 씨의 몸 상태를 고려하지 못하고 알아차리지 못해서 죄송합니다.

부디 푹 쉬면서 마음 편히 건강을 회복하셨으면 합니다.

미래의 신랑 신부들이 치하루 씨의 복귀를 기쁘게 기다리고 있습니다.

이나시로 사부로 드림

그랬구나…. 그런 거였구나.

"다행이다…."

뜨거운 눈물이 넘쳐흘러서 소리 내어 울었다.

결혼식 당일, 이나시로 씨의 표정이 경직됐던 이유는 불만이 있어서라고 생각했다.

신뢰를 잃은 줄만 알고 있었다.

기쁘다. 내 마음이 온전히 닿았구나.

두 사람 다 만족해 줬구나.

아아, 나는 무슨 바보 같은 착각을 한 걸까. 근거 없는 상상으로 무슨 쓸데없는 가슴앓이를 한 걸까.

정면에서 똑바로 마주했다면 진작 알았을 텐데.

이나시로 씨.

이나시로 씨에게 '안 된다'고 말한 사람들은 그냥 이나시로 씨가 부러웠던 거예요.

사실은 두 사람이 잘 어울린다는 걸 아니까.

"…행복하세요."

나도 모르게 소리 내어 뱉은 말이 내 안에서 메아리쳤다.

진심으로 그렇게 생각할 수 있는 나야말로 행복하기 그지없었다.

감사합니다. 감사합니다, 이나시로 씨.

나는 편지를 꽉 끌어안았다.

그날 저녁, 나는 소파에서 스마트폰을 꼭 쥐었다.

요지에게 연락할지 망설였다.

계속해서 나를 신경 써 주는 요지. 할 말이 있다고 한 요지.

이제 내가 먼저 만나자고 말을 꺼내야 하지 않을까.

하지만 이제 와서 뭘 어떻게 말하면 좋을까.

채팅창을 열고 고민하는데, 갑자기 전화가 걸려 왔다.

깜짝 놀라서 스마트폰을 떨어뜨릴 뻔하다가 겨우 잡았다.

요지였다.

나는 한쪽 손으로 가슴을 누르며 다른 손으로 전화를 받았다.

"여, 여보세요."

"아, 치하루! 받았네. 다행이다. 지금 집이야?"

시원하고 밝은 목소리가 들린다.

"응."

"지금 외근 끝나서 바로 퇴근할 건데, 전철을 타려고 보니까 네가 이사 간 곳 근처에 있는 역이더라고."

요지는 역 이름을 댔다.

"몸 괜찮으면 차라도 마실래? 잠깐이면 돼."

심장이 빠르게 뛰었다.

하지만 마음은 이미 주저함 없이 확고했다.

나는 역사 안에 있는 카페를 알려주며 거기서 기다리라고 말했다.

만나는 것은 거의 한 달 만이지만, 어쩐지 몇 년이나 그의 얼굴을 못 본 느낌이었다.

카페 창가에 자리를 잡은 요지는 미용실에 막 다녀왔

는지 머리가 깔끔했다. 앞머리가 평소보다 짧았다.

나는 그런 사소한 변화도 오랫동안 지켜봐 왔나 보다. 여러 감정이 복잡하게 얽혔지만, 역시 같이 있으면 소꿉친구처럼 편안하기도 했다.

요지는 내 건강을 걱정하면서 가벼운 사내 근황과 거래처인 꽃집이 2호점을 낸다는 소식 등을 이야기해 주었다.

마주 앉아서 차를 마시며 잠시 대화하다가, 요지는 격식을 차리듯 자세를 고쳤다.

"있잖아. 할 말이 있어."

나도 홍차 잔을 받침 접시에 내려놓았다.

허리를 펴고 귀를 기울였다.

듣자.

들려줘. 너의 이야기를.

"결혼하기로 했어. 스미에랑. 그…, 아이가 생겨서."

요지는 못 참겠다는 듯 기쁜 미소를 흘렸다.

아, 역시 그렇구나.

그렇게 생각한 순간, 저절로 눈물이 뚝뚝 떨어졌다.

요지가 놀랐다. 할 말을 잃은 것 같았다.

그 표정을 보자, 역시 내 마음을 전혀 눈치채지 못했구나 싶어서 실망스럽기도 하고 다행스럽기도 한 복잡한 감정이 교차했다.

나는 당황한 그를 향해 울면서 미소 지었다.

"기뻐서 그래. 사실 알고 있었어. 두 사람이 사귀는 거."

마음을 숨기기 위한 허세였다. 하지만 한편으로는 정말 기쁜 것 같아서 내가 생각해도 이상했다.

요지는 안심한 듯 한숨을 쉬었다.

"뭐야, 눈치채고 있었구나. 네가 그렇게 말해 주니까 나도 기쁘다."

그렇게 말하고는 초등학생 남자아이처럼 얼굴을 붉히며 웃었다.

좋아했다. 둔감할 정도로 순수한, 그런 면까지.

그렇게나 무서워하던 '할 말'이었는데, 절대로 듣고 싶지 않았는데 막상 듣고 보니 뜻밖에도 평온했다.

지금껏 나를 두렵게 하던 불안한 상상.

나 자신이 너무 불쌍하다고 생각했다.

하지만 정말 그럴까?

"요즘 밥 잘 먹어?"

요지가 나에게 물었다.

"응…. 조금씩."

"이거, 괜찮으면 먹어."

요지가 부스럭거리며 가방에서 꺼낸 물건은 안젤리카의 쿠키였다. 회사 바로 옆에 있는 양과자점에서 파는데, 아침 일찍 줄을 서야 살 수 있는 인기상품이다.

내가 특별한 날이나 스스로 기운을 북돋우고 싶을 때마다 사는 쿠키란 걸 기억해 줬나 보다.

"요양 중에 음식 선물은 피하는 게 좋지만, 너는 이거 엄청 좋아하니까."

"…고마워. 기분 좋다."

"나도 오늘 너 봐서 좋았어. 결혼 소식은 꼭 너한테 제일 먼저 알려 주고 싶었거든."

나를 바라보는 요지를 보며 나는 소리 없이 놀랐다. 그는 쑥스러움도 없고 망설임도 없는 진지한 눈빛이었다.

일을 마치고 나서 우리 동네인 걸 우연히 알아차렸다고 하더니, 거짓말. 이 구역에서 외근하고 나면 나를 만날 수 있지 않을까 해서, 애초에 그러기를 바라면서 쿠키를 사온 것이다.

요지는….

요지는 나를 친한 동기로서, 친구로서 소중히 여긴다.

이제야 진심으로 이해가 된다. 믿을 수 있을 것 같다.

그 사실을 나는 오랫동안 깨닫지 못했다. 요지가 나를 어떻게 생각하는지 알기 무서워서 피해망상으로 귀를 막아 버렸으니까.

연인이 아니어도, 이런 형태로라도 요지의 특별한 사람이 될 수 있다는 깨달음이 마음을 채웠다.

내가 그렇게 생각할 수 있다는 사실에도 마음이 놓였다.

나도 요지를 바라보았다.

"그렇게 중요한 얘기를 제일 먼저 해 줘서 고마워."

그 말만은 진심이었다. 지금은 이걸로 충분하다.

그들을 진심으로 축복하기에는 아직 가슴이 아프지만….

하지만 적어도 날 일부러 불행하게 만들지는 않으려고, 나는 살며시 귀를 만졌다.

푹 쉬어도 된다. 쉬어서 제대로 회복하자.

"축하해. 여친 자랑을 들어 준 대가는 고기 뷔페면 돼."

내가 그렇게 말하자, 요지는 "어어?" 하며 머리를 긁적였다.

잔뜩 얻어먹을 테니까 각오해.

나는 다가올 그날을 상상하며 살짝 웃었다. 정말 우스웠다.

그렇게 즐거운 일을 그리면서 몸과 마음을 관리해 나가면 아빠의 양복처럼 쌩쌩하게 되살아날 것 같다는 느낌이 들었다.

나는 어마어마하게 뛰어난 상상력을 갖고 있나 보다.

그렇다면 그 상상력을 이용해서 배려심과 다정함을 키워 나가야겠다.

다른 사람을, 나 자신을 조금 더 올곧게 사랑할 수 있도록.

제 4 화

유아의 다리

다녀오겠습니다, 하며 평소처럼 집을 나선 등굣길에 담장으로 둘러싸인 커다란 집 앞에 멈춰 섰다.

주위를 둘러보았다. 아무도 없다.

그 집 차고 옆은 도로에서는 딱 사각이었다.

나는 책가방에서 파스를 꺼냈다. 집에 있는 약상자에서 몰래 챙겨 왔다. 오른쪽 신발과 양말을 벗고 파스를 발목에 착 붙였다.

11월 아침은 벌써 추워서 서늘한 파스의 감촉에 몸이 약간 움츠러들었다.

다시 한번 주위를 둘러보며 아무에게도 들키지 않은 것을 확인한 나는 신발을 고쳐 신고 걸어갔다.

아프지도 않은 오른쪽 다리를 절뚝거리면서.

그전까지는 토치기와 도쿄를 왕래하며 일하던 아빠가
본사에서 근무하기로 결정 났을 때, 이제 도쿄에 눌러앉
을 테니 집을 사자는 이야기가 나왔다.
"유야, 전학 가야 될 텐데 괜찮아?"
엄마가 내 낯빛을 살피며 물었지만, 나는 별생각이 없
었다. 원래도 학교생활에 큰 기대가 없었다.
대단히 좋아하는 친구가 있는 것도 아니고 푹 빠질 만
한 일도 없어서 어디에 있든 똑같을 터였다.
내가 "괜찮아"라고 대답하자, 엄마는 안심한 표정으로
아빠와 집을 찾기 시작했다.
그렇게 내가 학교에 있는 동안 두 사람이 정한 곳이
어드밴스 힐이라는 5층짜리 신축 아파트였다.
"4층에 딱 한 자리 비었더라고. 고지대라 전망이 좋아
서 최고야."
계약이 끝나자, 엄마는 황홀한 표정으로 그렇게 말했
다.
잘은 모르지만 집을 사는 것은 그렇게 신나는 일인가
보다.
확실히 새집은 느낌이 좋았다. 하지만 토치기의 임대

아파트보다 조금 좁았고, 엄마가 말한 '전망'도 풍부한 녹음이 아니라 흔하디흔한 민가가 내려다보이는 인공적인 풍경이었다.

하지만 나는 아무래도 상관없어서 딱히 문제가 없었다. 그리하여 나는 초등학교 4학년으로 올라가는 시점에 전학생이 되었다.

새로운 생활은 예상대로 단조로워서 두근거릴 일도 슬픔에 잠길 일도 없었다.

다만 이 초등학교에 다니며 딱 하나 귀찮은 점이 있다면, 학교 행사가 지나치게 많다는 것이었다.

매월 어떤 식으로든 행사가 있는데, 그때마다 어김없이 '목적'이 게시되고, 교장 선생님은 그 행사가 우리의 성장에 얼마나 굉장한 영향을 미치는지 아침 조회 시간에 얘기했다.

운동회와 소풍은 물론이고, 지역 주민과 교류를 늘리는 '쓰레기 줍기 대회', 집단 활동을 배우는 '1박 캠프', 음식의 고마움을 깨닫는 '모내기'와 '벼 베기'도 있었다.

그리고 이번 달 11월의 주요 행사는 '릴레이 경기'다.

운동을 싫어하는 나는 정말이지 진저리가 났다.

그런데 가만히 들어 보니 이 경기는 전원 참가가 아니라, 한 반에 세 명씩 주자를 뽑고 여섯 학년을 같은 숫자인 반끼리 한 팀으로 묶어서 진행하는 팀 대항전이라고 했다.

이번 행사의 목적은 세 가지였다.

'체력 향상', '학년을 뛰어넘는 연대감 만들기', 그리고 '응원하는 마음 기르기'.

그렇다면 뭐, 괜찮다.

체력 향상은 주자들에게 맡기고, 학년을 뛰어넘는 연대감은 다른 아이들에게 맡기고, 나는 응원하는 마음을 기르면 되지 않나.

조금 따분하겠지만, 길옆에서 힘내라고 소리를 지르거나 손을 흔드는 것 정도는 해 줄 수 있다.

반에서 세 명이면 달리기를 잘하는 아이들이 금방 정해질 테니 내가 발탁될 일은 없을 것이다.

그렇게 생각했건만, 큰일이다.

우리 반인 4학년 3반에서는 입후보자가 둘밖에 나오지 않았다.

타카스기와 모리무라. 둘 다 엄청나게 발이 빠르다.

9월 운동회 때 둘 다 계주로 대활약해서, 다른 아이들이 기가 죽었나 보다.

"그럼 내일 제비뽑기하자. 선생님이 제비를 만들어 올게."

담임인 마키무라 선생님이 밝게 말했다.

교실 여기저기에서 "네에?" 하는 불만스러운 목소리가 나왔다.

하지만 마키무라 선생님은 단호하게 조회를 끝내 버렸다. 20대 중반으로, 밝지만 조금 강압적인 선생님이다.

제비뽑기는 언뜻 공평해 보이지만 애초에 운이란 불공평하게 움직이는 법이다.

나는 가위바위보에 약하고 캡슐 뽑기만 해도 번번이 원하는 상품이 나오지 않아서, 이런 운이 나쁘다는 데에 이상한 확신이 있었다.

만약 내가 걸리면….

그렇게 생각하자 몸이 덜덜 떨려서 저녁밥도 거의 먹지 못했고 이불에 누워서도 도무지 잠들지 못했다.

싫다. 싫다. 너무 싫다.

달리기라니, 그렇게 힘든 건 정말 싫다.

나는 달리기가 느리다. 체력도 약하다.

발이 빠른 아이에게는 즐거울지도 모르지만 나에게는 그저 고통일 뿐이다. 나만 이렇게 끙끙대며 속앓이해야 하다니, 지긋지긋하다.

이튿날 아침, 나는 마음을 정했다.

다리를 삐었다고 하자. 그래. 그러자.

나는 아침밥을 먹고 엄마가 베란다에 빨래를 널러 간 사이에 약상자를 열었다.

파스 묶음을 찾아서 한 장을 꺼내 책가방에 쑤셔 넣었다.

"다녀오겠습니다."

그렇게 말하며 현관으로 향하는 내 등에 "잘 다녀와" 하는 엄마의 목소리가 날아왔다.

괜찮다. 파스를 챙긴 건 들키지 않았다.

그리고 나는 집에서 나오자마자 오른쪽 발목에 파스를 붙이고 다리를 살짝 절면서 등교했다.

아침 조회가 시작되자마자 마키무라 선생님이 교탁 위에 제비뽑기 상자를 올려놓았다.

"선생님이 교실을 돌 테니까 상자에서 종이를 하나씩 뽑으면 돼. 그리고 마지막에 동시에 펴 보자."

마키무라 선생님은 노란 치마를 펄럭이면서 학생들의 책상 주위를 돌았다. 다들 떨떠름한 표정으로 상자에 손을 넣고 작게 접힌 종이를 뽑았다.

마키무라 선생님이 다가오자, 심장이 튀어나올 것처럼

두근거렸다.

잘 변명할 수 있을까. 아니면 운에 기대어 나도 상자에 손을 넣어야 하나….

상자가 내 앞으로 왔다.

"저기…."

바싹 마른 입에서 목소리가 튀어나왔다.

마키무라 선생님은 큰 눈으로 나를 보았다.

나는 목소리를 쥐어짜서, 미리 준비한 '제비뽑기를 할 수 없는 이유'를 설명했다.

"저기, 어제 하굣길에 발을 삐었어요. 꽤 심하게 삔 것 같아서 당분간 안정을 취해야 하고 릴레이 당일까지 안 나을 수도 있어서…."

"어머, 그래?"

마키무라 선생님의 표정이 흔들렸다.

나를 의심하는 걸까, 걱정하는 걸까. 어느 쪽이지?

머리가 뜨거워지는 느낌에 아무 말도 못 하게 됐을 때, 내 뒤에서 목소리가 들렸다.

"그렇구나. 그래서 유야가 오늘 아침에 다리를 절뚝거렸구나."

대각선 뒷자리에 앉은 스구루였다.

별로 친한 사이는 아니었다. 굳이 말하자면 나는 스구

루가 불편했다.

어떤 상황에서든 헤실헤실 웃고 머리카락은 항상 까치집에 맹한 느낌이라서 무슨 생각을 하는지 종잡을 수 없었다.

하지만 스구루의 그 말은 내 마음에 용기를 심어 줬다.

나는 얼른 오른쪽 양말을 걷어서 마키무라 선생님에게 파스를 보여 주고 아픈 척 얼굴을 일그러뜨렸다.

"그럼 어쩔 수 없네."

마키무라 선생님은 상자를 내 앞에서 물리고 다음 자리로 이동했다.

고마워, 스구루. 덕분에 살았어. 다른 건 못 해 줘도, 네가 제비에 뽑히지 않도록 기도해 줄게.

내 기도가 오히려 역효과였는지, 제비에 뽑힌 사람은 공교롭게도 스구루였다.

마키무라 선생님의 지시로 동시에 제비를 펼쳤을 때, 스구루는 큰 목소리로 "나잖아!"라고 외치며 실없이 웃었다.

스구루의 운동 신경이 좋지 않은 것은 모두가 아는 사실이라, 타카스기와 모리무라는 눈빛을 주고받으며 곤란한 표정을 지었지만 규칙은 규칙이었다.

아무튼 이걸로 나의 릴레이 경기 문제는 깔끔히 해결
되었다.

…그런 줄 알았다.

대체 어쩌다 이렇게 됐을까.

이틀 정도 오른 다리를 절면서 걷다 보니 정말로 아파
졌다.

삐었다는 건 새빨간 거짓말이었는데, 왠지 모르게 발
목이 부어오르는 느낌도 들었다.

땅에 오른발을 디디면 욱신거렸고 오래지 않아 장딴지
와 무릎까지 점점 아파져서 당황스러웠다.

…조금씩 무서워졌다.

이러다 정말 다리가 어떻게 되면…. 못 걷게 되면….

천벌을 받은 것이다. 신이 화가 났나 보다.

나는 불안해서 엄마에게 "걷다가 넘어져서 발을 접질
렸는지 아파"라고 말했다.

두 번째 거짓말. 하지만 아픈 것은 사실이었다.

"삐었나? 파스 붙일래?"

나는 가볍게 대응하는 엄마를 향해 고개를 가로저었

다.

약상자에 있는 파스로 나을 통증이 아닌 것은 확실하니까.

"모르겠어. 발목만 그런 게 아니라 오른쪽 다리 전체가 아파."

그러자 엄마는 표정이 진지해지더니, 가까운 종합병원에 정형외과가 있는 것을 확인하고 곧바로 나를 데려갔다.

병원에서 간단한 문진을 받고 엑스레이를 찍었다.

예민해 보이는 아저씨 의사 선생님이 내 다리를 보지도 않고 엑스레이 사진만 훑어보며 "이상은 없네요"라고 말했다.

"성장통일 거예요. 계속 아픈 게 아니고 하루에 몇 시간만 아프죠?"

그런 질문을 듣자 혼란스러웠다.

걷거나 쪼그려 앉을 때는 아프지만, 가만히 TV를 볼 때는 괜찮은 것 같기도 했다. 하지만 그냥 누워 있는데 아플 때도 있었다.

"안정을 취하세요. 온파스를 처방해 드릴게요."

진찰은 그걸로 끝이었다. 온파스를 받은 것으로 보아 다리를 따뜻하게 해야 하나 보다.

나는 욕조에 몸을 푹 담그고 의사 선생님이 말한 대로 온파스를 붙였지만, 역시 좋아질 기미는 보이지 않았다.

엄마가 "그 선생님은 좀 건성으로 진찰하는 것 같았어" 하며 그다음 주에 다른 병원을 찾아 주었다.

옆 동네에 개인으로 개업한, 인터넷에서 평판이 좋은 정형외과였다. 다른 의사에게 가서 의견을 듣는 것을 '2차 소견'이라고 한다고 했다.

이번에는 활기찬 젊은 남자 의사 선생님이었다. 엑스레이를 다시 찍고 뼈에는 문제가 없는 것을 확인하더니, 선생님은 내 다리를 여기저기 만지고 굽혔다 펴며 어디가 어떻게 아프냐고 물었다.

"거위발건염이에요."

의사 선생님은 책상 위 종이에 '거위발건염'이라고 적었다.

거위발건은 무릎 안쪽 부분을 가리키는 말이고, 거기 있는 힘줄이 서로 들러붙어서 염증을 일으켰다고 했다.

"운동선수한테 자주 생기는 증상인데, 운동을 과하게 하면 이렇게 됩니다. 열을 잘 식혀 줘야 돼요."

너 혼란스러워졌나.

운동선수라고? 나는 운동을 전혀 하지 않았다.

게다가 전에 간 병원에서는 온파스를 줬는데, 이번에는 열을 식히란다. 왜 정반대로 말하는 걸까. 무엇을 믿어야 할까.

나는 말없이 병원을 뒤로했다.

답답한 것은 엄마도 마찬가지였는지 집으로 돌아갈 때는 둘 다 기분이 완전히 처진 상태였다.

집 근처 역에 도착하자, 엄마가 무언가를 떠올린 듯 "아" 했다.

"잠깐 세탁소에 들를게. 아빠 셔츠 가져와야 돼."

엄마가 가는 대로 따라가 보니, 내가 아직 가 본 적 없는 뒷골목 끝에 오래된 독채가 있었다. 거기 1층이 '선라이즈 세탁소'라는 가게였다.

엄마가 유리문을 열자, 한 할머니가 카운터 안쪽에 앉아서 손님으로 보이는 긴 머리 여자와 대화하고 있었다.

우리를 발견한 할머니가 "어서 오세요" 하자, 여자가 뒤돌아보았다. 엄마가 "어머" 하며 작게 웃었다.

"안녕하세요."

그렇게 말하며 미소 짓는 여자가 나에게도 낯익었다.

같은 아파트에 사는 사람인가 보다.

마키무라 선생님과 나이가 비슷하려나.

내가 멍하니 있자, 엄마가 등을 떠밀었다.

"엄마랑 같이 관리 조합 임원으로 일하시는 니이자와 씨네 따님이야. 치하루 씨라고 해. 자, 유야, 제대로 인사 해야지."

"…안녕하세요."

내가 고개를 숙이자, 치하루라고 불린 그 여자는 다정 하게 빙그레 웃어 보였다.

엄마는 카운터로 다가가더니, 지갑에서 세탁물 교환권 을 꺼내서 할머니에게 건넸다. 나도 엄마를 따라서 카운 터로 갔다.

카운터 안쪽에서 일어선 할머니는 내 쪽을 보며 말했 다.

"이름이 유야라고? 몇 학년이야?"

"4학년이요."

"그럼 열 살인가? 태어난 지 10년밖에 안 됐구나. 나는 올해로 여든이야. 10년 전이면 어제 일 같아."

할머니는 깔깔 웃으면서 아빠 셔츠를 꺼내러 가게 안 쪽으로 들어갔다. 그리고 돌아와서는 내 쪽으로 얼굴을 쑥 들이밀었다.

"다리 다쳤어?"

걸음걸이를 보고 그렇게 생각했나 보다.

내가 머뭇머뭇하자, 엄마가 대신 대답해 주었다.

"이유를 모르겠어요. 다리가 아프대서 병원을 두 군데 나 다녀왔는데 원인이 확실치 않아요."

할머니가 비닐에 싼 셔츠를 엄마에게 건네며 대답했다.

"그럼 치유하마한테 가 봐."

"치유하마요?"

"자기 몸에서 아픈 데랑 똑같은 부분을 만지면 어머나, 신기해라! 치유가 된다니까."

나는 그 이야기를 듣자 갑자기 두근거렸다.

이사한 뒤로 처음 느낀 '설렘' 같은 감정이었다.

치유하마는 누구일까. 내 다리가 아픈 것도 치료해 줄까.

"치유하니까 치유하마."

할머니는 검지를 세우며 그렇게 말하고는 재촉하듯 치하루 씨를 힐끔 곁눈질했다. 치하루 씨는 멋쩍게 웃으며 말을 이었다.

"…하마니까 치유하마."

엄마가 "아하하!" 하며 손뼉을 쳤다.

치하루 씨도 웃으며 말했다.

"괜찮으시면 제가 안내해 드릴게요. 저도 치유하마한 테 받은 게 많거든요."

그리하여 우리는 셋이 함께 선라이즈 세탁소를 나섰다.

가게 앞에는 산책길이 있었고, 그곳을 똑바로 가다 보면 아파트 단지들이 나왔다.

해가 저물어서 몽환적인 분위기가 넘쳐 흘렀다. 마치 비밀의 숲에 초대된 것처럼, 소름이 돋을 만큼 즐거운 기대감에 부풀었다.

"저기예요."

치하루 씨가 가리킨 곳은 아파트 단지에 둘러싸인 작은 놀이터였다. 입구에 있는 커다란 돌에 '해돋이 공원'이라는 글자가 새겨져 있었다.

치하루 씨가 놀이터 안쪽으로 들어갔다.

나도 뒤쫓아서 그네 옆으로 걸어가 보니, 놀이터 구석에 정말 하마가 있었다.

"뭐야, 동물 모형이네."

엄마가 김샌 듯 웃었다.

놀이터에서 흔히 보이는 동물 모양 놀이기구였다.

발판이나 용수철은 달리지 않았다. 그저 위에 올라타는 용도로만 사용되는 하마 한 마리가 거기에 덩그러니 서 있었다.

땅딸막하고 오동통한 몸. 큰 입을 옆으로 늘이며 씨익 웃는다.

주황색으로 칠한 페인트는 여기저기 벗겨졌고 눈의 검은자는 군데군데 하얗게 바래서 반은 웃고 반은 우는 것처럼 보였다.

"고치고 싶은 곳을 만지면 되는 거지?"

엄마는 치유하마에게 다가가서 아래쪽에 손을 넣어 배를 어루만졌다.

나는 조금 놀라서 "배 아파?"라고 물었다.

엄마는 깔깔 웃으며 한 손을 저었다.

"아니야, 아니야. 요즘 살쪄서 아끼는 치마를 못 입게 됐거든. 날씬해지기는 어렵겠지만, 하다못해 원래 사이즈로 돌아가고 싶어서."

엄마는 일어나서 치유하마를 보고 "얼굴이 재미있네"라고 중얼거렸다. 치유하마가 정말 뱃살을 없애 줄 거라고 믿지는 않는 모양이었다.

하지만 나는 만사태평한 그 모습이 어쩐지 엄청난 힘이 있는 것처럼 느껴졌다.

아무 말도 하지 않고 움직이지도 않는 평범한 놀이기구지만, 왠지 모르게 치유하마라면 내 마음을 알아줄 것 같았다.

"치하루도 치유하마한테 받은 게 많다고?"

엄마가 말하자, 치하루 씨는 가볍게 고개를 끄덕였다.

"네. 실은 지금 몸이 안 좋아서 휴직 중이거든요."

엄마는 당황해서 입을 가렸다.

치하루 씨가 건강해 보여서 일을 쉴 정도로 심각한 상황인 줄 몰랐던 모양이었다. 치하루 씨는 온화하게 미소지으며 말을 이었다.

"그런데 이제 많이 좋아져서 곧 복귀할 수 있을 것 같아요."

엄마가 안심한 얼굴로 말했다.

"다행이다. 좋은 의사 선생님을 만났나 보네."

"글쎄요. 병원에도 가고 약도 먹긴 하지만…. 그보다는 생활 습관을 개선하고 마음가짐을 고치거나 요가를 하고 도수 치료를 받아 보는, 그런 시간이 좋았던 것 같아요."

치하루 씨는 치유하마 쪽으로 살짝 고개를 돌렸다.

"치유하마는 그런 저를 받아들여 주고 지켜봐 준 소중한 존재예요. 진짜 효력이 있어요."

나는 치유하마 앞에 쪼그려 앉았다.

오른쪽 뒷다리에 손바닥을 댔다.

둥그런 원기둥처럼 생긴 그곳이 손에 익숙한 느낌이었

다. 나는 치유하마의 다리를 여러 번 쓰다듬으며 소원을 빌었다.

제발, 제발. 내 다리를 원래대로 고쳐 주세요.

아무 데도 아프지 않은 상태로 걸을 수 있게요.

제비뽑기를 한 그날 이후로 계속 체육 시간에 구경만 했다.

싫어하는 체육 수업을 떳떳하게 땡땡이칠 수 있으니 기분이 좋아야 하는데 전혀 기쁘지 않았다.

나는 원인 모를 난치병에 걸리고 말았다.

다리를 따뜻하게 하든 시원하게 하든 상태는 똑같았다. 좋아지기는커녕, 다리를 생각할수록 통증이 커지는 것 같았다.

교정 구석에 웅크리고 앉아 있는데, 반 아이들이 운동장을 달리며 빙빙 도는 모습이 보였다.

그중에서도 가장 눈에 띄는 사람은 스구루였다.

턱을 치켜들고 두 팔을 이상한 방향으로 흔들며 안짱다리로 달려서 자세가 엉망이었다. 열심히 하는데 아무리 봐도 느린 것이, 나보다도 운동 신경이 둔한 듯했다.

그런데 왜 저렇게 즐거워 보일까. 정말 알 수 없는 애다.

수업이 끝나서 다 같이 학교 건물로 돌아갈 때, 타카스기와 모리무라가 둘이서 대화하며 나를 앞질러 갔다.

"망했다. 스구루 달리기 느린 거 봤어? 릴레이는 끝난 것 같아."

"아까 우리가 아침에 자율 연습으로 달리는 걸 알고 같이 하고 싶다고 하던데, 어떡할까?"

"뭐? 안 된다고 해. 쟤는 절대 우리 페이스를 못 따라와."

"그렇겠지."

자율 연습을 같이 하면 좋지 않나. 자세 같은 걸 가르쳐 주면 되지 않나.

그렇게 생각했지만, 타카스기와 모리무라의 마음도 이해가 됐다.

그리고 쉽게 상상할 수 있었다. 저 아이들에게 거절당해도 "알았어어" 하며 헤실헤실 웃을 스구루의 모습이.

며칠 후, 나는 엄마의 손에 이끌려서 이세자키 씨라는 도수 치료사를 만났다.

치하루 씨가 도수치료를 받으러 다닌다는 말을 듣고 소개해 달라고 했다고 한다. 치하루 씨도 같은 회사 사람에게 추천을 받았다고 들었다.

홈페이지도 없어서 거의 입소문으로 유명해진 치료소라며 엄마는 조금 흥분했다.

전철을 타고 요코하마 쪽으로 가다가 모르는 역에서 내렸다. 거기서 지도를 보며 조금 걷다 보니, 은둔처같이 생긴 고요하고 낡은 집과 '이세자키 치료소'라는 작은 간판이 나왔다.

초인종을 누르자, 검은 티셔츠와 검은 운동복 바지를 입은 아저씨가 나왔다. 긴 머리를 하나로 모아서 뒤로 묶었다.

온화한 그 사람이 이세자키 씨였다. 안내된 집 안에서는 향냄새가 은은하게 났다.

현관에 들어서자마자 보이는 일본식 방에는 한쪽 끝에 구멍이 파인 좁은 침대가 있었다.

이세자키 씨는 엄마와 가볍게 이야기를 나눈 뒤, 나에게 침대에 엎드려 누우라고 했다.

구멍 위에 얇은 종이가 깔려 있었다. 나는 거기에 얼굴을 대고 딱딱한 침대에 엎드렸다.

이세자키 씨는 내 다리가 아니라 목뼈부터 만졌다. 등뼈와 허리로 손가락이 내려갔다.

이세자키 씨는 내 몸에 손가락을 대면서 "아프니?"라고 몇 번 물었다. 아무 데도 아프지 않았다.

솔직하게 있는 그대로 대답하자, 이세자키 씨는 엄마
에게 말했다.

"옆방이 대기실이니 어머님은 그쪽에서 기다려 주십시
오."

"네? 아, 아아, 네."

나는 얼굴을 옆으로 돌려서 그 모습을 엿봤다.

이세자키 씨가 집 안쪽을 향해서 무어라 말했다. 젊은
여자가 나와서 엄마를 안내했다. 엄마는 나를 걱정스럽
게 보다가 여자와 함께 나갔다.

좁은 방에 둘만 남자, 나는 조금 무서워졌다.

이세자키 씨는 내 주변에는 없는 유형의 어른이었다.

아빠나 친척 중에도 그런 신기한 분위기를 풍기는 사
람은 없었다. 의사 선생님이나 학교 선생님과도 사뭇 달
랐다.

"그럼 이번에는 위를 보고 누우렴."

쭈뼛거리며 고개를 들고 천장을 향해 누웠다.

이세자키 씨와 눈이 마주쳤다.

부드럽게 슬쩍 웃는 눈꼬리에 다정한 주름이 생겼다.

그래서 나는 조금 마음이 놓였다.

이세자키 씨는 내 다리를 확인하듯 천천히 만졌다.

무릎을 굽히거나 비틀기도 했다. 어떨 때는 통증이 있

어서 내가 아프다고 말하자, 이세자키 씨는 "그래" 하며
고개를 끄덕이고는 바로 다른 쪽으로 다리를 움직였다.

오른쪽과 왼쪽 다리를 모두 살펴본 뒤, 이세자키 씨가
말했다.

"유야, 네 몸은 지금 전체적으로 어긋나 있어."

"어긋나 있다고요?"

"그래. 한쪽 다리를 보호하면서 걷느라 근육이 긴장해
서 한쪽에만 부담이 간 거야. 다리만의 문제가 아니야."

그리고 이세자키 씨는 내 눈을 지그시 보았다.

"몸과 마음은 바로 옆에 붙어 있지만 머리는 혼자 멀
리 떨어져 있어. 피부와 근육이 긴장한 걸 네 머리가 통
증으로 착각한 게 아닐까?"

머리가 착각했다고?

그럴 수 있나?

피부와 근육이 긴장했다니?

사실은 아프지 않은데 아프다고 느낀다는 게 무슨 말
이지?

나는 의문으로 머리가 가득 차서 아무 말도 할 수 없
었다.

이세자키 씨는 침대 옆에 있는 둥근 의자에 앉아서 나
에게 미소를 지어 보였다.

"몸과 마음이 너무 싫다고 거부하는 뭔가가 있나 보구나."

그 말에 나는 중얼거리듯 "달리기가 싫어요…"라고 대답했다.

그러자 이세자키 씨는 몸을 약간 뒤로 젖히며 웃었다.

"맞아, 나도 어릴 때는 싫어했어! 체육이라면 질색이었지."

"정말요?"

"그럼. 하지만 지금은 운동을 좋아해. 아침에 하는 스트레칭이나 저녁에 하는 조깅 같은 거. 몸을 움직이는 게 즐겁고 기분 좋은 일이라는 걸 어른이 돼서야 깨달았거든. 정해진 일을 누군가에게 강요받지 않고, 어떤 일을 내가 하고 싶은 만큼만 자유롭게 할 수 있는 시기가 오기 전까지는 몰랐어."

이세자키 씨는 무언가를 떠올리듯 천천히 나에게 이야기했다.

"몸은 사람마다, 매 순간 달라지는 많은 정보를 전달한단다. 그리고 아주 작은 일로 깜짝 놀랄 만큼 바뀌지. 좋은 쪽으로든, 좋지 않은 쪽으로든. 그걸 깨닫고 나니까 몸이란 게 참 재미있구나 싶어서 흥미가 생겼고, 그래서 도수치료를 공부하고 싶어졌어."

이세자키 씨는 둥근 의자에서 일어나더니 또다시 내 몸에 손을 올렸다.

"오늘은 기본적인 부분을 정돈하마. 하지만 단번에 나을 증상은 아니니까 너도 네 몸과 대화하면서 같이 건강을 찾자."

몸과 대화하면서…?

또다시 혼란스러워졌다.

이세자키 씨는 다시 내 온몸을 구석구석 누르거나 움직이고 다리 전체를 쭉 쓸어내린 뒤에 "자, 오늘은 여기까지"라고 말했다.

"다음 주에 또 오렴. 숙제를 두 개 줄게."

"숙제요?"

이세자키 씨는 침대에서 일어서라고 하더니, 몸의 균형을 가다듬는 체조 두 개를 알려주었다.

그게 '숙제 두 개'인 줄 알았는데, 나를 마주 보고 선 이세자키 씨가 "나머지 하나는 " 했다.

"다리에서 의식을 날려 보내는 연습이야."

의식을 날려 보낸다?

나는 어리둥절한 표정으로 이세자키 씨를 보았다.

이세자키 씨는 천천히 말을 이었다.

"아프다, 안 낫는 거 아닌가 하면서 다리를 의식하면

머리가 또 착각을 일으킨단다. 불안한 마음을 마주 대하지 않고 피하는 것도 중요해."

그게 가능할까….

나는 가만히 고개를 떨구었다. 마음에 걸리는 점이 있으면 생각하기 싫어도 자꾸 생각하게 되는데…. 이세자키 씨가 이어서 말했다.

"가능하면 다른 즐거운 일로 의식을 옮기는 게 좋아. 하지만 그게 어려우면 우선은 눈앞에 있는 일에 집중하는 것부터 시작해 봐."

"눈앞에 있는 일요?"

"매일 아무렇지 않게 하는 일. 밥을 먹는다든지, 이를 닦는다든지, 수업 때 칠판에 적힌 내용을 공책에 받아 적는다든지 많잖아. 아무튼 그때그때 눈앞에 있는 일 말이야."

이세자키 씨가 나를 데리고 대기실로 향하면서 말했다.

엑스레이도 찍지 않고 파스나 약도 처방하지 않는 이 치료소에서, 내가 떠나기 전에 내놓은 것이라고는 작은 찻잔에 담긴 따뜻한 차 한 잔뿐이었다.

이튿날 아침, 조금 일찍 일어난 나는 등교하기 전에 길을 멀리 돌아서 혼자 해돋이 공원으로 향했다.

치유하마를 만나기 위해서였다.

'즐거운 일'이 금방 떠오르지는 않았지만, 치유하마를 생각하면 마음이 조금 평온해졌다.

나는 아무도 없는 공원에 도착해서 치유하마가 있는 곳으로 곧장 걸어갔다. 치유하마가 나를 보고 웃어 주는 것 같았다.

마치 약속하고 만난 것처럼.

이세자키 씨가 말한 대로 치료소에 한 번 갔다고 곧바로 다리의 통증이 사라지지는 않았다. 하지만 어제는 잠을 푹 자서 한결 가뿐했다.

몸과 대화하라니, 어떻게 해야 할까.

달리기가 싫어서 릴레이에 나가고 싶지 않았던 것은 분명하다. 그건 몸에서도 마음에서도, 그리고 머리에서도 똑같았을 것이다.

나는 용케 제비뽑기를 피한 덕분에 그저 길옆에서 응원만 하면 되는데…, '싫은 일'은 이제 하지 않아도 되는데.

실제로는 아프지 않으면서 머리는 왜 아프다고 착각하는 걸까.

아아, 또 다리를 생각하고 있다. 의식을 날려 보내는

건 어렵다.

나는 치유하마 앞에 쪼그리고 앉아서 치유하마의 뒤쪽 오른 다리를 쓱쓱 문지르며 나도 모르게 말을 걸었다.

"달리기가 이렇게나 싫다니, 나는 정말 겁쟁이에 답 없는 놈이야."

그러자 "답 없는 놈이 아니야"라는 목소리가 돌아왔다.

깜짝 놀랐다.

치유하마가 말을?

주위를 둘러보니, 어느샌가 그네 옆에 스구루가 와 있었다.

"달리기를 싫어한다고 답 없는 사람은 아니야. 싫은 건 싫은 거지."

스구루는 그렇게 말하며 겉옷 소매로 콧물을 닦았다. 이미 몇 번이나 그렇게 했는지 소맷부리가 굳어 있었다.

나는 쪼그려 앉은 채 물었다.

"스구루, 너도 사실은 달리기가 싫지 않아? 릴레이 나가기 싫지 않아?"

으음, 하며 스구루가 고개를 갸우뚱했다.

"딱히 싫지 않아."

"하지만 너, 달리기를 썩 잘하는 것 같지 않던데…."

"맞아. 난 발이 느리지."

'느리지'? 달리기가 느린 걸 알면서 어떻게 그리 태연해? 나는 그 말을 삼키며 물었다.

"…근데 다른 사람들이 다 지켜보는 와중에 달려야 하잖아?"

"응? 아, 그렇지."

스구루는 헤헤헤 하고 웃었다.

"릴레이는 한 번도 안 해봤어. 나한테 차례가 왔으니까 일단 해보려고. 그게 다야. 어쩌면 재미있을 수도 있고, 예상대로 엄청 괴로울 수도 있지. 하지만 그건 해보지 않으면 모르잖아."

그 말을 듣고 나는 어쩐지 숨이 멎는 것 같았다.

말도 나오지 않고 움직일 수도 없어서 마치 치유하마와 한 몸이 된 것처럼 굳어 있는데, 스구루가 갑자기 종종거리며 제자리걸음을 쳤다.

"그럼 난 다시 달릴게. 자율 연습이야, 자율 연습. 이 공원을 반환점으로 삼았거든. 나중에 학교에서 보자!"

스구루는 공원을 달려갔다.

자율 연습을 하려고 등교할 때 길을 멀리 돌아서 달리나 보다.

혼자서, 책가방을 멘 채로.

드디어 깨달았다.

내 몸과 마음이 정말로 싫어하는 것은 달리기 자체가
아니었다.

다른 사람들에게 멋없는 모습을 보여 주는 것이었다.

달리기를 잘하는 아이들 사이에서 혹시라도 내가 주
자가 되면 출발하자마자 바로 꼴찌가 될 것이다.

같은 조에 있는 모든 학년의 학생들에게 분노를 사고
경기를 보던 모든 사람에게 비웃음을 당해서 릴레이 당
일뿐만 아니라 앞으로 남은 내 학교생활이 전부 절망으
로 물들겠지.

내 머리는 그렇게 생각했다.

그래서 그런 상황을 어떻게든 피하고 싶었다.

스구루는 그런 것을 눈곱만큼도 신경 쓰지 않았다. 사
람들이 어떻게 생각하는지 따위.

그 누구도 원하지 않는 주자 역할을, 불평 한마디 없
이 받아들인 스구루.

잘하지 않아도 기왕 하게 되었으니 온 힘을 다해 노력
하는 스구루.

내가 다리를 저는 것을 알아차려 준 스구루.
스구루의 강함과 다정함을 나는 전혀 몰랐다.

나는 치유하마에게 머리를 기대며 참지 못하고 울었
다.
눈물과 함께 제멋대로 말이 터져 나왔다.
마음과 몸이 치유하마에게 들어 달라고 외치는 것 같
았다.
"나는…, 나는 어떻게 하면 릴레이 주자로 뽑히지 않을
지에만 정신이 팔려서…, 거짓말을 했고…, 그 거짓말이
계획대로 되니까 점점 괴로워져서…."

그때 퍼뜩 깨달았다.
방금 내가 뭐라고 했지?
아, 그렇구나. 그랬구나.

내 몸이 긴장한 이유는 비겁한 짓을 했다는 죄책감 때
문에 조마조마해서였다.
머리가 착각한 것이다.
내 진짜 본심은 거짓말하고 싶지 않았나 보다. 그렇다.
나는….

그런 나 자신이 싫었나 보다….

그다음 주, 나는 또다시 엄마와 함께 이세자키 치료소를 방문했다.
이세자키 씨가 내준 '숙제 두 개'는 내 나름대로 열심히 끝냈다.
몸의 균형을 가다듬는 체조는 아침에 등교하기 전과 밤에 목욕한 후, 매일 두 번씩 했다.
그리고 '다리에서 의식을 날려 보내는 연습'을 위해 이세자키 씨가 말한 대로 눈앞에 있는 일에 집중하려고 애썼다.
놀라웠다. 예상치 못한 결과의 연속이었다.
예를 들어 밥을 먹을 때 무엇이 들었고 어떻게 조리됐는지를 약간 신경 쓰면서 보는 것만으로도 전보다 맛있게 느껴졌다. 이를 닦을 때 치아만 생각하니 하나씩 꼼꼼히 칫솔질하고 싶어졌다. 수업 중에 칠판에 적힌 내용을 공책에 받아 적을 때 최대한 글자를 깔끔하게 적으려고 하니 내용이 아주 쉽게 외워졌다.
당연한 일일지도 모른다.
하지만 나는 지금껏 내 앞에 나온 음식을 딱히 궁금해하지 않고 입에 넣었고, 양치할 때는 대충 칫솔을 문지를 뿐이었고, 칠판은 제대로 보지 않을 때도 있었다.

그리고 그 '연습'은 그때 한순간으로 끝나지 않고 일상 속에서 의식까지 바꿨다.

엄마가 평소에 어떻게 식단을 짜는지 상상하게 되고, 칫솔 모양이나 크기에 여러 종류가 있음을 알게 되고, 지금껏 좋아하지 않던 과목에 약간 관심이 생겼다.

손톱을 자를 때 내 손가락이 구부러지는 방식, 연필심 냄새, 우산에 닿는 빗방울. 눈앞에 있는 다양한 것에 집중해 보니, 지금까지는 알아차리지 못한 것을 많이 발견했다. 그러는 사이에 다리 때문에 속을 끓이는 시간이 조금씩 줄어들었다.

그리고 이세자키 씨를 다시 만날 즈음에는 이미 다리에 집착하지 않게 되었다. 그렇게나 고민했는데, 언제 그랬냐는 듯 통증은 사라지고 어쩐지 몸에 기운이 돌았다.

전처럼 둘만 남은 방에서 엎드려 누운 내 몸에 손을 댄 이세자키 씨는 "오" 하며 숨을 흘렸다.

"대단하네. 일주일 만에 이렇게 정돈되다니, 놀라워. 몸의 긴장도 많이 풀려서 부드러워졌어."

나는 기뻐서 얼굴만 이세자키 씨 쪽으로 돌리고 의기양양하게 말했다.

"제 다리, 치유됐어요?"

이세자키 씨는 "어어?" 하며 살짝 웃고는 크게 고개를 끄덕였다.

"그래. 치유됐어. 훌륭하다."

"그럼 이제 원래대로 돌아온 거죠?"

치유하마에게 고맙다는 인사를 하러 가야겠다.

내가 싱글거리며 침대에 난 구멍에 얼굴을 묻자, 이세자키 씨는 온화하게 말했다.

"조금 달라. 인간의 몸은 회복돼도 이전과 완전히 똑같은 상태로 돌아가지는 않거든."

"네?"

"질병이나 부상을 겪었다는 그 경험과 기억이 따라오지. 몸에도, 마음에도, 머리에도. 치유된 뒤에는 전과 다른 내가 되는 거야."

나는 당황했다.

구멍에서 살짝 얼굴을 빼고 이세자키 씨에게 물었다.

"전과 다르면 좋은 나예요, 나쁜 나예요?"

"그건 내가 정할 수 없어. 나는 그저 그 사람이 좋은 방향으로 가기를 바라면서 이 일을 한단다. 적어도 너는 다리가 아프기 전에는 모르던 걸 알게 됐잖니? 그러니까 앞으로 그걸 좋은 쪽으로 살려 주면 좋겠다."

이세자키 씨는 그 뒤로 입을 다물고 내 몸을 계속 정

성껏 눌렀다.

나는 이세자키 씨의 손가락을 등으로 느끼면서 회복된 이후가 어떨지 멍하니 생각했다.

이튿날 아침, 나는 또다시 일찍 일어나서 해돋이 공원으로 향했다.

치유하마에게 마음을 담아서 고맙다는 인사를 하고 등에 앉아서 스구루가 나타나기를 기다렸다.

그네, 미끄럼틀, 모래밭, 벤치. 작은 공원에 놓인 시설들은 하나같이 오래됐다.

이 공원은 몇 년 전부터 있었을까. 치유하마는 몇 살일까.

그런 생각을 하는 사이에 추워져서 두 팔을 비빌 즈음, 공원 화단 너머를 달리는 스구루의 모습이 보였다.

나는 치유하마의 등에서 뛰어내렸다.

공원 밖으로 나가려고 하다 보니, 밖에서 들어오는 스구루와 정면으로 마주쳤다.

"어? 유야."

"안, 안녕."

"안녕. 또 여기서 만났네."

스구루는 숨을 헐떡이면서 반갑게 말했다.

"네가 올 것 같아서 기다렸어."

"뭐어? 나를 기다렸다고? 왜?"

나는 주먹을 꽉 쥐고 스구루를 똑바로 바라보았다.

"저, 저기, 릴레이 경기까지 일주일 남았잖아. 자율 연습, 나랑 같이 하지 않을래?"

"너랑?"

나는 입을 딱 벌린 스구루를 향해 고개를 끄덕였다.

"나도 달리기를 못해서 올바른 자세 같은 건 못 가르쳐 주지만… 같이 달리면 재미있을 것 같아서."

스구루는 "키야"라고 이상한 소리로 외치더니, 두 팔을 마구 내둘렀다.

"정말? 아싸!"

덩실거리는 스구루를 보자 마음이 놓였다.

귀찮아하면 어쩌나 걱정했는데, 용기 내서 말하기를 잘했다.

스구루는 휘두르던 손을 갑자기 멈추고 걱정스럽게 물었다.

"근데 유야, 다리 삔 건 이제 괜찮아? 그리고 달리기 싫어한다고 했잖아."

나는 거침없이 대답했다.

"괜찮아. 치유됐거든. 이제 전이랑 똑같은 내가 아니

야."

　우리는 통학로에서 조금 떨어진 강변로를 자율 연습
코스로 정했다. 아침에 책가방 없이 만나서 열심히 달린
다음 집에 잠깐 들렀다가 등교했다.
　우리 나름대로 자세나 발을 딛는 방법을 논의하며 연
습을 거듭했다. 그 방법이 맞는지는 둘째 치고, 확실히
우리 둘 다 달리기에 몸이 적응되어 갔다.
　그리고…, 그리고 나는 생각 이상으로 재미있었다.
　스구루와 함께 나란히 달리는 것이.
　어스름한 아침에 일찍 일어나는 것도, 추운 것도, 솔직
히 말하면 그 당시에는 싫기도 했지만, 그래도 스구루를
만나서 둘이 대화하며 강변에서 몸을 움직이는 것이 무
척 기쁘고 기분 좋았다.
　릴레이 경기 전날, 자율 연습을 마치자 스구루가 말했
다.
　"유야, 너도 이제 발이 엄청 빨라졌다!"
　스구루다운 긍정적인 발언에 나는 웃고 말았다.
　"정말 그런 거면 좋겠다. 릴레이 경기에는 참여하지 않
지만."
　그러자 스구루는 조금 놀란 듯 눈을 크게 뜨고 나를

보았다.

"응? 이미 참여하고 있잖아. 나를 이렇게나 응원해 주면서."

"···그런가?"

"그럼! 네가 옆에서 봐 주니까 진짜 열심히 하게 돼. 신기하다. 달리기는 나 혼자 하는데 응원을 받으니까 혼자가 아닌 것처럼 힘이 솟아."

스구루는 알통을 만들어 보이듯 팔을 치켜들고 활짝 미소 지으며 말했다.

"고마워!"

나는 어쩐지 가슴이 벅차서 겨우 "응"이라고 작은 목소리로 답했다.

나야말로 고마워, 스구루.

응원으로 훨씬 더 힘을 받은 쪽은 아마 나일 것이다.

릴레이 경기 당일.

학교 근처에 있는 드넓은 녹지 공원이 경기 장소였다.

나는 3반의 응원 대열에 섞여서 다른 사람들과 함께 구호를 외쳤다.

1학년부터 3학년까지 연달아 달린 뒤에 4학년인 타카

스기가 배턴을 넘겨받자, 3반은 드디어 선두를 달리기 시작했다. 응원하는 목소리에 열기가 배었다.

응원 대열과 먼 곳에서 타카스기가 스구루에게 배턴을 넘겨주는 모습이 보였다.

놓칠 뻔했다가 필사적으로 배턴을 붙잡은 스구루에게 타카스기가 "똑바로 해!" 같은 말을 외치는 모습이 보였다.

내 손에 땀이 뱄다.

스구루, 힘내.

곧바로 주자 한 명에게 역전당했다. 모처럼 선두였는데.

내 주위에서 낙담한 목소리가 흘러나왔다.

나는 열심히 팔다리를 흔들며 앞으로 나아가는 스구루를 목이 찢어져라 큰 소리로 응원했다.

그때였다. 내 눈앞에서 갑자기 스구루의 다리가 꼬여서 넘어졌다.

개그인가 싶을 만큼 화려하게 엎어졌다. 지켜보던 수많은 관객 사이에서 와아 하고 목소리가 터져 나왔다. 폭소와 분노 어린 비명이 섞여 있었다.

앞으로 엎어진 스구루는 개구리 같은 꼴로 팔다리를

땅에 딱 붙었다. 몸을 움찔움찔 떨면서도 어찌어찌 몸을 일으키려고 했다.

"스구루!"

나는 반사적으로 응원 대열 앞에 쳐진 밧줄을 넘어 뛰쳐나갔다.

아무것도 생각할 겨를이 없었다.

정신을 차리고 보니 스구루에게 달려가고 있었다.

내가 스구루 옆으로 가자, 스구루는 쓰러진 채 몸을 비틀면서 나를 피했다.

"오, 오지 마!"

"어?"

명백한 거부에 내가 걸음을 멈추자, 스구루가 말했다.

"안 돼. 만지면 실격이잖아. 아직 할 수 있어, 나."

다른 주자 한 명이 또다시 우리를 앞질렀다.

스구루는 비틀비틀 일어나서 다리를 절뚝이며 달려 나갔다.

나는 한차례 숨을 내쉬었다.

그리고 주자에게 방해가 되지 않도록 응원 대열 밧줄에 바싹 붙은 채 코스 가장자리에서 스구루를 지켜보며….

나도 함께 달렸다.

스구루, 힘내. 힘내.
나도 여기 있어.
보고 있어.
옆에서 응원하고 있어.

나조차도 이상한 짓인 걸 알았다.
응원 대열에서 "뭐 하는 거야?"라고 어이없어하는 목소리와 큰 웃음소리가 들려왔다.
하지만 나는 개의치 않고 스구루 옆에서 발맞춰 달렸다.

"릴레이는 한 번도 안 해봤어"라고 스구루는 말했다.
재미있을지 괴로울지, 해보지 않으면 모르니까 일단 해보겠다고 했다.

선라이즈 세탁소 할머니가 말한 것처럼 태어난 지 겨우 10년밖에 안 된 우리는 모르는 것투성이다. 그러니까 앞으로 다양한 일을 많이 많이 맞닥뜨리고 다양한 감정을 맛보게 될 것이다.

무엇이 좋고, 무엇이 싫고, 무엇이 재미있고, 무엇이 괴로운지 시도해 보며 배워 나갈 것이다. 누군가의 시선이 신경 쓰여서 멋없는 자신을 보여 주지 않으려고, 비웃음 당하지 않으려고 웅크리고 있으면 그 일이 나에게 어떤 의미인지 알 수 없게 된다.

그러니까 내가 나를 결정해 나갈 것이다.

지금부터 하나씩.

스구루는 중심을 잡지 못하는 사람처럼 이상하게 달렸고, 팔다리 곳곳에 까진 상처가 생겼고, 침과 콧물을 동시에 덜렁거리고 있었다.

하지만 똑바로 앞을 향해 나아가며 어째서인지 살짝 웃고 있어서, 나는 그런 스구루가 최고로 멋지다고 생각했다.

제 5 화

카즈히코의 눈

보기 위해 멀어진다.

인체의 기능은 참 이상하다. 하얀 종이 위에 자리한 좀생이 같은 활자를 눈으로 좇으면서 나는 서류를 든 손을 얼굴 반대편으로 멀리 떨어뜨렸다.

자연스레 그런 식으로 손이 움직이기 시작한 것은 5, 6년쯤 전부터였다. 스마트폰 화면, 레스토랑 메뉴판, 약병, 게다가 교정지까지. 작은 글자가 하나같이 뿌예서 읽으려고 할 때마다 내게서 멀어진다.

"편집장님, 최종 교정지 확인해 주세요."

편집부원인 타카오카가 A3 종이 뭉치를 내 책상에 놓

왔다.

나는 "어어"라고 건성으로 대답하고 종이 뭉치를 들었다.

도쿄에 있는 출판사 영성사에서 근무한 지 30년이 됐다. 대학교 졸업 후 입사해서 영업부에 5년간 있다가 주간지 편집부로 이동했고, 10년 전에 월간 정보지 《래프터》가 출간되면서 편집장이 되었다.

정보지 편집은 학창 시절부터 꿈꿔온 일이었다. 새로운 호가 발간될 때마다 판권 페이지에 찍히는 '편집장 미조바타 카즈히코'라는 이름에 뿌듯함을 느낀다.

그런데 최근 몇 년간은 젊었을 때처럼 하려니 힘에 부치는 느낌이었다. 요즘 특히 몸과 마음이 힘들었다. 항상 피로가 무겁게 남았고, 자그마한 일에도 쉽게 부정적인 기분에 휩싸였다. 한마디로 여유가 없었다. 술을 마셔도 해소되지 않았고 어깨 결림은 이미 만성이었다.

12월이 되니 추위가 거세져서 겹겹이 껴입은 옷 아래에 두꺼운 내의까지 꼭 챙겨 입는다. 바지 아래에도 내복 같은 타이츠를 입는다. 혈류나 대사가 나빠졌는지, 확실히 예전보다 몸이 금방 식었다.

교정지에 나온 점포 소개를 읽다가 신경 쓰이는 부분이 있어서 타카오카에게 말을 걸었는데, 그가 찰랑거리는 면 셔츠 하나만 입었음을 깨닫고 조금 놀랐다.

타카오카는 이제 막 서른 살이라고 했다. 쉰두 살인 나보다 스무 살 넘게 어리다. 성인 한 명 정도의 터울이라니.

부름을 받고 내 자리로 온 타카오카는 "왜요?" 하면서 갸름한 얼굴로 나를 보았다. 나는 기사 사진을 가리켰다.

"이 팔리오스 말인데…."

그러자 타카오카는 무뚝뚝하게 대답했다.

"팔이 아니고 발이에요. 발리오스."

"…아."

글자를 잘못 읽었다. 최근에 이런 일이 잦다.

얼굴을 찌푸리며 교정지를 조금 멀리 떨어뜨리는 나를 보고 타카오카가 픗 웃었다.

"아아, 노안이세요?"

정말이지 이 녀석은 너무 말을 안 가린다. 코웃음이나 치고, 뭐야?

대답 없이 잠자코 있자 타카오카는 마치 선심 쓰듯 말했다.

"일찍 일찍 관리하시는 게 좋아요. 잘 안 보이면 표정도 일그러지고 주름도 생겨요."

성가시다. 아는 척하기는.

글자가 제대로 보이지 않는다는 사실을 깨달은 것은 40대 중반에 들어설 무렵이었다. 맨눈 시력은 좌우 모두 0.5 정도였지만, 노안이 시작됐다는 자각은 없었다. 갑자기 돋보기를 쓰려고 하니 정말로 늙었다는 증거 같아서 이중 초점 콘택트렌즈를 산 적이 있다.

하지만 껴 보니 가까운 쪽과 먼 쪽이 모두 너무 부예서 불편했다. 그래서 나에게는 맞지 않는다고 판단하고 일주일 체험 기간에 포기해 버렸다.

아직 어느 정도까지는 괜찮다. 할 수 있을 때까지 해보는 수밖에 없다.

내가 조용히 있자, 타카오카가 교정지 쪽으로 고개를 쑥 내밀었다.

"그래서, 얘기하시려던 게 뭐예요?"

"…아, 가게 내부 사진이 너무 어두워서."

"아, 일부러 그런 조명을 달아서 유명한 가게거든요. 요즘 커플들이랑 젊은이들한테 엄청 인기예요."

그런 것도 모르냐는 말투였다.

마음에 들지 않는다. 너도 평생 젊을 순 없어. 나는 속으로 악담하면서 "흐음" 했다.

매끈한 흰 피부, 세련된 패션 감각, 정보통인 타카오카.

누구와도 쉽게 대화하고 일 처리도 빠르다. 분하지만 이 편집부에 필요한 인재다.

타카오카는 언짢아하는 나를 개의치 않고 "그러고 보니" 하면서 고개를 갸웃했다.

"《블랙 맨홀》신간이 나오죠?"

영성사에서 내는 만화 《블랙 맨홀》. 줄여서 '블맨'. 이제는 우리 회사의 간판이라 해도 과언이 아닌 엄청난 히트작으로, 출판계에서 주목받는 울트라 만화 대상을 수상하고 애니메이션으로 제작된 뒤로는 더 잘 팔린다.

"제가 엄청 팬이거든요. 《블랙 맨홀》이 아니라 작가인 스나가와 료 특집을 짜고 싶은데, 기획서 좀 봐 주실래요? 스나가와 료도 만나보고 싶어서요."

"그렇게 간사한 속셈으로 일하지 마."

나는 가볍게 나무랐다.

만화가나 작가, 연예인. 확실히 잡지 편집 일을 하다 보면 좋아하는 유명인을 만날 때가 있다. 하지만 그런 이유로 기획을 하면 페이지가 그쪽으로 치우친다.

타카오카는 고개를 옆으로 휙 기울였다.

"간사하다고요? 편집자가 뜨거운 열정을 품지 않으면 좋은 기사가 안 나오잖아요."

다 아는 척하지 마. 풋내기가 건방지게.

받아치고 싶었지만 참았다. 풋내기니까 오히려 아는 척할 수 있는 것이다.

나는 "그럼 봐 줄 테니까 가져와"라고 대답하고 다시 교정지로 눈을 돌렸다.

일을 마치고 집에서 가장 가까운 역에 도착했을 즈음에는 오후 아홉 시가 지나 있었다. 나는 개찰구를 빠져나와서 인적이 드문 상점가 아케이드를 걸었다.

4월에 신축 아파트에 집을 하나 샀다.

'어드밴스 힐'이라는 이름으로 보아 고지대에 있는 것 같다고 짐작은 했지만, 예상보다 더 전망이 좋았다.

가격은 비쌌어도 꼭대기 층인 5층을 선택한 데에 후회는 없었다. 공동현관까지 언덕길을 올라가야 하는 건 힘들지만.

원래는 아내 미야코와 둘이서 직장과 가까운 임대 아파트에 살았다.

그 아파트와 마찬가지로 방은 세 개지만, 어드밴스 힐은 바닥과 벽이 모두 튼튼하고 부엌에 설치된 음식물처리기와 무인 택배함이 편리해서 미야코도 좋아하는 듯했다.

그리고 새집을 장만하면서 우리 부부 사이에 새로운

얼굴이 추가되었다.

고양이 차오다. 유기묘를 입양해 줄 사람을 찾는 것을 미야코가 발견했다.

회색빛이 도는 줄무늬 고양이로, 소위 말하는 고등어 태비다. 다리와 배에 난 털은 새하얗고 추정 연령은 생후 6개월, 사람으로 치면 열 살쯤 된 남자아이라고 한다. 가끔 단기 파트타임으로 일하지만 대체로 집에 있는 미야코는 예전부터 고양이와 살고 싶었다고 했다.

나는 역과 연결된 상점가를 빠져나와 골목길로 들어가서 걸음을 멈췄다.

올려다본 곳에는 '선라이즈 세탁소'라고 적힌 붉은 차양이 있었다.

건물 자체는 오래된 2층짜리 독채로, 위층은 사람이 거주하는 용도로 사용된다. 도로와 인접한 가게는 이미 셔터를 닫았고, 베란다 너머로 보이는 2층 방에 불이 들어와 있었다.

꼭 닫힌 창문에는 지저분한 녹색 커튼이 달렸다. 이 작은 가게의 주인이 사는 곳이다. 혼자 가게를 꾸리는 나이 든 여자 사장의 얼굴이 떠올랐다.

그녀는 지금 저 방에서 TV를 보고 있을까.

나는 불이 켜진 2층을 바라보다가 얼른 고개를 내리

고 걸어 나갔다.

그 길로 산책로에 들어가서 작은 놀이터로 향했다.
입구에 '해돋이 공원'이라고 새겨진 석판이 놓여 있다.
밤이 깊어서 사람이 없었다.
그네, 미끄럼틀, 모래밭. 이제는 모든 것이 낡고 오래된
이 장소에서 어릴 적 자주 놀았다.
선라이즈 세탁소가 있는 독채. 나는 거기서 자랐다. 가
게 주인인 미조바타 유키에의 외아들로.
불편함을 감수하면서까지 굳이 회사에서 먼 이 동네
로 이사한 이유는 대학을 졸업하고 뛰쳐나오듯 집을 떠
난 이후 줄곧 데면데면한 엄마가 마음에 걸려서였다.
나는 아버지가 기억나지 않는다. 내가 기억할 수 있는
시기에는 이미 없었다. 엄마는 나를 홀로 키웠다.
기가 세고 밝고 언제나 쾌활하고 수다스럽고 근면 성
실한 엄마.
든든한 한편, 늘 자신이 정답이라고 확신하는 면이 있
었다.
둘뿐이니까 서로 의지해야 한다고 생각하면서도 나는
엄마의 강압적인 성격과 잔소리가 지긋지긋했다.
툭하면 싸우거나 서로 무시해서 사이가 원만하지 않

은 탓에 취직을 계기로 자취를 시작했고, 그 이후에는 바쁘다는 핑계로 엄마를 돌아보지 않게 되었다. 엄마도 이러쿵저러쿵 말이 없어서 나는 내심 안도했다.

서른 살이 넘어 결혼할 때도 가게 겸 자택에서 미야코를 한 번 인사시킨 게 전부였다. 그러고 보니 그때가 대학교를 졸업한 후에 본가를 찾아간 마지막 날이었다.

반대는 없었지만, 엄마가 미야코를 마음에 들어 하는 기색은 찾아볼 수 없었다. 제대로 눈을 마주치지 않았고 말을 많이 하지도 않았다. 그저 "그렇구나" 하며 고개를 끄덕일 뿐이었다. 결혼식을 올리지 않아서 연락할 이유도 없이 세월이 흘렀다.

이대로 괜찮은가 의문이 든 계기는 미야코의 부모님이었다.

두 분 다 거의 팔순이어서 재작년부터 미야코의 오빠 부부와 함께 살기로 했다. 예상보다 기뻐하는 두 분의 모습에 자신의 내면에서 줄곧 못 본 척해 온 무언가가 흔들렸다.

엄마의 얼굴이 뇌리에서 떠나지 않았다. 앞일을 생각하기 시작하니 내가 너무 괴로웠다.

시금까지 엄마는 내가 부부 사이에서 피해 온 화제였다. 신중히 말을 고르면서 속마음을 털어놓으니 미야코

는 잠시 묵묵히 있다가 엄마와 함께 살아도 좋다고 말해
주었다.

하지만 원래도 본가 근처에 살면서 부모님과 교류하던
형님 부부와는 처지가 달라서, 우리와 엄마 사이에 갑자
기 그런 이야기를 꺼내려니 힘들었다. 그래서 우선은 큰
맘 먹고 근처에 아파트를 샀다.

이사하기 한 달 전에 용기를 내 엄마에게 전화를 걸었
다.

주소를 알려주며 겨우겨우 "무슨 일 있으면 바로 갈
수 있어"라고 말했지만, 엄마는 털끝만큼도 기뻐하지 않
았다. 기뻐하기는커녕 "그런 부탁 한 적 없다"며 집에 초
대하려는 의지마저 팍 꺾어 버렸다.

다른 방법을 써 보려고 했지만 아무것도 떠오르지 않
아서 더 험악해진 분위기로 엄마와 나의 대화가 끝났다.

다만 한 가지, 어드밴스 힐을 매입한 덕분에 엄마와 가
까워진 느낌이 드는 이유는 미야코가 이따금 세탁할 옷
을 들고 가게에 가서 엄마의 상태를 살펴봐 주기 때문이
었다. 아내에게 마냥 의지해서 면목이 없지만, 엄마의 안
부를 확인할 수 있어서 그나마 위안이 되었다. 내가 할
수 있는 일은 기껏해야 미야코의 생일에 인기 양과자점
에서 케이크를 사 들고 들어가는 정도라서 정말 나 자신

이 한심스러웠다. 1년에 한 번뿐인 생일 축하를 구실로 감사와 사죄를 담아 산 10월 한정 마롱케이크를, 미야코는 어떻게 받아들였을까.

나는 미야코를 영성사에서 만났다. 내가 영업부에 있던 시절, 여성지 편집부에 아르바이트를 하러 온 네 살 어린 대학생이었다.

까다로운 일을 빈틈없이 해내면서도 신중하고 온화해서 무척 호감이 갔다. 잔꽃 무늬 원피스와 소매에 레이스가 달린 블라우스가 잘 어울렸다.

미야코는 대학교 졸업 후 인테리어 회사에서 일하다가 결혼을 계기로 퇴직했다. 40대 후반이 된 지금도 긴 흑발을 하나로 땋아서 늘어뜨린 그 모습이 꼭 소녀 같다.

하지만 '신중하고 온화한' 그 성격은 바꿔 말하면 말수가 적어서 본심을 알 수 없다는 뜻이었다. 화가 난 줄 알았는데 그저 졸릴 뿐이거나, 당황스럽게도 그 반대일 때도 있었다. 물론 내 우둔함도 갈등의 원인이었을 것이다. 젊은 시절에 나누던 가슴 설레는 스킨십은 진작에 사라졌고, 이제는 서로 바라보는 일조차 거의 없다.

게다가 엄마와의 관계. 지금껏 오랫동안 접점 없이 살던 엄마와 미야코가 이제 와서 갑자기 니보다 더 깊은 관계를 맺을지도 모른다는, 열등감 같은 감정도 부정할 수 없었다.

어쩐지 불안하다. 많은 것들이 한꺼번에.

나는 그네 옆에 놓인 하마 모형 앞에 섰다.

용수철이나 발판도 달리지 않은, 그저 그 자리에 우뚝 선 주황색 하마다.

오래된 탓에 칠이 여기저기 벗겨져서 콘크리트가 드러나 보였다. 원래는 새까맣게 페인트칠 돼 있던 눈동자도 군데군데 하얗게 바래서 마치 울먹이는 것 같다. 그런데 입은 씩 웃고 있어서 얼빠진 느낌을 한층 더했다.

나는 그 둥근 머리에 살며시 손을 올렸다.

이 동네로 다시 이사 와서 오랜만에 해돋이 공원을 찾아왔을 때 정말 깜짝 놀랐다.

치유하마. 아직 있었구나.

왜 울고 있어?

예전에는 때깔 좋은 주황색이었잖아. 눈도 새까맸고 울지도 않았잖아.

울먹이는 치유하마를 보면서 나는 머나먼 옛 기억에 잠겼다.

반에서 짓궂은 아이가 내 등을 때려서 몸과 마음에 상처를 입고 울던 때였다. 이 놀이터에 새로 하마 모형이 설치되었다.

그때 엄마가 검지를 세우며 말했다.

"얘는 카즈히코를 위해서 온 하마야. 너의 가장 든든한 아군이지. 엄청난 힘을 갖고 있어. 자기가 아픈 데랑 똑같은 데를 만지면 낫거든. 이름하여 치유하마!"

내가 당황하자, 엄마는 갑자기 씩 웃으며 "···치유하는 하마니까"라고 덧붙였다. 나는 그 말을 듣고 픗 하고 웃음을 터뜨렸다.

그러자 엄마는 나를 꼭 안으며 "그러니까 이제 괜찮아!"라고 말했다.

카즈히코의 아군, 치유하마. 초등학생이던 나조차도 엄마가 즉흥으로 꾸며낸 이야기임을 알았다.

하지만 그런 허구의 이야기 속에서 넘치는 애정을 느꼈다. 그래서 무척이나 기뻤다. 그날부터 치유하마는 내 단짝이 되었다.

하지만 나도 치유하마도 나이를 먹었다.

···모자 관계를 회복해 보려고 돌아왔는데.

인간은 누구나 늙는다.

시간은 인간에게 많은 것을 주지만, 한편으로는 많은 것을 앗아 간다.

이상하다. 지금까지 나는 무엇이든 최선을 다해 극복해 왔는데.

괴롭힘당하는 것이 분해서 죽기 살기로 공부해 좋은 성적을 거뒀다. 우리 집이 유복하지 않다는 걸 알았기에 장학금으로 대학교에 갔다. 나는 1지망이었던 영성사 입사도, 미야코에게 한 프러포즈도, 어떤 일이든 노력해서 벽을 뛰어넘었다.

하지만 지금 도무지 넘어설 수 없는 시간의 흐름에 압도되어 나는 당황스럽다.

건망증이 심해진 머리, 계단을 오르내리면 갑자기 아파지는 다리. 피곤하면 이명이 오고, 이가 욱신거려서 충치인 줄 알고 치과에 가 보면 "잇몸이 내려앉아서 그래요"라는 소리를 듣는다.

어디를 다치거나 병에 걸린 것이면 열심히 치료하면 좋아지리라는 희망이 있다. 하지만 노화 때문이라면 더는 손쓸 도리가 없지 않나. 몸에 찾아온 문제를 대충 넘겨 버릴 만한 기력과 체력도 남아 있지 않다.

나는 치유하마의 눈을 쓰다듬었다.

노안만이라도 원상태로 되돌릴 수 없을까.

…그리고 엄마와의 관계도 어린 시절처럼 돌아오기를.

"어떻게 좀 해 줘, 치유하마."

치유하마는 괴로움을 참으며 애써 웃는 듯 보였다.

나는 어쩐지 서글퍼서 치유하마에게서 손을 뗐다.

엄마가 우리 집에 온다는 이야기를 들은 것은 그로부터 며칠 뒤였다.

미야코가 어떤 방법으로 초대했는지는 몰라도, 가게를 마감하고 나서 저녁 식사를 함께하기로 했다고 들었다.

치유하마의 효과인가? 언뜻 그런 생각이 머리를 스쳤다.

"초밥이랑 스키야키 중에 뭐가 좋을까?"

미야코가 식사를 준비하기 전에 나에게 물었지만, 대답하지 못했다.

엄마가 생선보다 고기를 좋아했던 것은 기억한다.

하지만 취향이 바뀌었을지도 모른다. 나는 그런 것도 전혀 몰랐다.

긴장됐다. 조금이라도 관계를 회복할 수 있다면, 여기서 같이 살자고 제안할 생각이었다. 그런 이야기를 잘할 수 있을까. 차오와 놀면서 엄마를 기다렸다.

차오는 미야코 옆에 있을 때는 딱 달라붙어서 애교를 부리지만, 나는 놀이 상대로 생각하는지 항상 호전적으로 대한다. 잘근잘근 깨물거나 뜬금없는 타이밍에 갑자기 덤벼든다. 하지만 그런 것도 귀엽다.

고양이와 사는 사람이라면 다 그렇게 생각할 테지만,

우리 집 고양이가 제일 귀엽다. 오늘 아침만 해도 차오가 이불에 들어왔을 때 어찌나 귀엽던지 그 모습이 머릿속에서 떠나지 않았다. 나는 차오의 발바닥 젤리를 만졌다.

어쩜 이렇게 완벽한 구조를 이루고 있을까. 삼각형 귀, 둥근 눈, 완만한 등의 곡선. 아무런 전조 없이 갑자기 이마를 비비며 바싹 다가왔다가도 어느 순간 쌩하니 벽 쪽에 가서 자리를 잡거나, 바람에 흔들리는 커튼과 혼자 싸운다.

그리고 방금 걷어서 갠 빨래에 달라붙어 장난을 치다가 수건에 두 앞발을 번갈아 꾹꾹 누르는 행동, 그건 대체 뭘까. 정말 귀여운 녀석이다.

보들보들한 발바닥 젤리를 만지작거리는데, 공동현관 인터폰이 울렸다. 나는 움찔하며 뛰어올랐고, 차오도 덩달아 몸을 뒤로 젖혔다.

화면에 엄마가 비쳤다. 네에, 라고 미야코가 대답하며 공동현관을 열었다.

나는 태연한 척 소파에 앉아서 신문을 펼쳤다. 차오는 민첩하게 옆으로 뛰어와 앉았다.

이윽고 현관 초인종이 울렸다. 미야코가 현관으로 나갔다.

나는 아무렇지 않은 척하며 신문으로 시선을 떨어뜨

렸다. 헤드라인의 커다란 글자만 눈앞을 아른거렸다.

엄마가 들어왔다.

시원스러울 정도로 짧은 쇼트커트. 앞쪽에 난 흰머리는 은색에 가깝다.

차오가 소파에서 톡 내려갔다.

"뭐야, 고양이가 있어?"

나와 눈도 마주치기 전에 엄마가 차오를 쳐다보았다.

한 손에 옷걸이를 든 미야코가 다른 쪽 손을 엄마에게 내밀며 말했다.

"아, 싫으시면 저쪽 방으로 데려갈게요."

엄마는 겉옷을 벗어서 미야코에게 건넸다.

"우리 가게는 연중무휴가 장점인데, 그 덕에 손이 열 개라도 모자라. 고양이 손이라도 빌리고 싶을 정도야."

어쩐지 엉뚱한 그 답변은 부자연스러울 만큼 소리가 컸다.

나와 미야코에게는 없는 톤에 놀랐는지 차오는 도망치듯 잼싸게 방구석으로 달려갔다.

그 모습에 엄마는 입을 일그러뜨리며 흥 하고 콧방귀를 뀌었다.

그때 미야코가 엄마의 겉옷을 옷걸이에 걸면서 밀했다.

"어머, 자수가 멋지네요."

옷깃에 그러데이션이 들어간 잎사귀 자수가 놓여 있었다. 회색 코트 위에 녹색 자수가 도드라져 보였다.

"그렇지?"

엄마는 은근히 기분이 좋은 듯 짧게 대답하고 미야코가 안내하는 대로 4인용 테이블에 앉았다.

테이블 위에는 미즈타키(닭백숙과 비슷한 일본 요리. 닭고기와 다양한 채소로 만들며 어패류나 돼지고기를 넣기도 한다. - 옮긴이 주)가 담긴 냄비가 준비되어 있었다.

"고기도 있고 생선도 있어요. 채소도 많고요."

좋아하는 것을 골라서 먹으라는 미야코의 배려였다.

한동안 제대로 된 대화도 없이 시간이 흐르다가, 냄비에 들어간 건더기가 한소끔 끓었을 즈음 미야코가 이야기를 시작했다.

"그 코트에 놓인 자수, 어머님이 놓으셨어요?"

엄마가 고개를 끄덕였다.

"못에 걸리는 바람에 구멍이 나서."

나는 벽에 걸린 겉옷으로 시선을 던졌다.

"직접 구멍을 메웠다고?"

내 말에 미야코가 정정하듯 웃으며 말했다.

"다닝이라는 거야. 눈에 띄지 않게 깁는 대신, 일부러

알록달록한 실로 자수를 놓아서 수선하는 거지."

"다닝? 흐음."

처음 들어봤다. 젊은 세대를 따라가지 못해서가 아니라 나와 관련이 없는 분야라서 모르는 것은 오랜만이었다.

엄마는 배추를 접시에 덜며 말했다.

"근사하지? 예전에는 다들 그런 식으로 옷 한 벌을 여기저기 손보면서 소중하게 입었어. 요즘은 물건이 차고 넘쳐서 조금이라도 터진 데가 생기면 바로 버리는 사람이 많지만."

"그렇지. 옷깃은 특히 눈에 띄니까."

"뭐, 말하자면 보완이지. 잎사귀 자수 덕분에 전보다 더 마음에 들어."

대화가 이어진다. 냄비 위로 피어오르는 김이 마음까지 덥히는 듯했다.

나는 긴장이 풀려서 준비해온 말을 입에 담았다.

"엄마도 가끔은 이렇게 우리 집에 식사하러 와. 혼자서는 여러모로 힘들잖아."

엄마는 문득 젓가락을 멈추고 말했다.

"…별로 안 힘들어. 너는 항상 그렇게 단정 짓는 게 특기더라."

가슴이 확 차가워졌다. 나는 입을 다물었다.

예전부터 뭐든 단정 짓는 사람은 당신이면서. 엄마야말로 여전히 사람을 기분 나쁘게 하는 재주가 있다.

괜찮게 대화가 이어진다고 생각하자마자 이 꼴이다. 벌써 일어나서 다른 방으로 가 버리고 싶다. 하지만 이렇게까지 준비해 준 미야코를 생각하면 그럴 수 없었다.

딱딱하게 굳은 침묵이 이어졌다. 그 자리에 어울리지 않는, 냄비가 보글보글 끓는 평화로운 소리만 흘렀다.

차오가 식탁 옆을 가로질러서 쿠션 위로 뛰어올랐다. 엄마는 시선을 내리고 작은 접시에 담긴 닭고기 완자를 젓가락으로 굴리다가 낮은 목소리로 이렇게 말했다.

"게다가 이 집에는 고양이가 있잖아."

가슴속이 욱신거리며 아팠다. 엄마의 지긋지긋하다는 표정이 나를 찔렀다.

"고양이는 싫어. 할퀴고 깨물고 변덕스러워. 애초에 나는 고양이한테 도무지 호감을 못 사는 인간인가 봐. 길들지 않으니까 정이 안 가."

그쯤 되니 참을 수 없었다. 차오까지 나쁘게 말하다니.

나는 욱해서 거칠게 말했다.

"내가 기껏 호의로 다가가려고 하는데, 뭐야, 그 태도는!"

엄마도 미간에 깊은 주름을 잡았다.

"이러니까 쓸데없는 오지랖이라는 거야!"

점점 꼬인다. 이러면 안 된다고 생각하면서도 멈출 수 없다.

"고집불통이라서 정이 안 가는 건 고양이가 아니라 엄마야."

"너야말로 언제부터 그렇게 잘나셨어?"

미야코는 아무 말도 하지 않고 그 모습을 그저 지켜보았다.

"어처구니가 없네. 난 간다!"

그렇게 외친 엄마는 의자에서 벌떡 일어서자마자 바닥에 쓰러졌다.

나와 미야코가 황급히 구급차를 불러서 가까운 종합 병원으로 옮긴 뒤에야 의식을 되찾은 엄마는 "괜찮다고 하잖아!"라며 밉살스러운 소리를 해댔다.

하지만 서슬 퍼런 말투와는 다르게 몸 상태가 좋지 않은 것은 인정하는지, 투덜거리면서도 혈액과 소변, CT 검사를 받고 결과가 나올 때까지 한 시간 정도 침대에서 링거를 맞았다.

이야기를 자세히 들어 보니, 일하면서도 휘청거리거나

어지러웠던 적이 가끔 있었던 모양이다.

진찰을 마친 의사가 "빈혈과 과로네요"라고 말했다. 당장 특별한 문제가 있는 곳은 없다고 했다. 큰일이 아니어서 안심했지만, 혼자 운영하는 가게가 연중무휴란 사실을 안 의사는 눈썹을 찌푸렸다.

"연세가 있으시니까 그건 무리예요."

마스크를 써서 처음에는 몰랐는데, 자세히 보니 의사는 아직 젊었다. 타카오카와 비슷한 나이대가 아닐까. 야간 응급 근무도 거뜬히 해내는 느낌이었다.

"…그놈의 나이, 나이. 그게 무슨 잘못이라도 되는 양 지껄이지 마."

의사에게 그렇게 대답한 엄마는 화나 보이지는 않았다. 슬퍼 보였다. 그래서 나도 더 슬펐다.

맞다. 나이를 먹는 게 잘못은 아니다.

하지만 역시 무리한 일들이 늘어나, 엄마.

쉰이 넘은 나도 그걸 느끼는걸. 여든인 엄마는 지금껏 용케 버틴 거야.

그렇게 말해 주고 싶었지만, 마음속에 묻었다.

어차피 또 쓸데없는 오지랖이라는 소리나 들을 게 뻔하다.

엄마는 안색이 괜찮아 보여서 그대로 귀가하기로 했

다. 우리 집에 묵으라는 미야코의 제안은 물론 거절당했다.

택시를 불러서 선라이즈 세탁소까지 배웅하자, 엄마는 미야코에게 고갯짓으로 인사하고 뒷문으로 사라졌다.

그게 어제였다. 오늘 나는 아무것도 손에 잡히지 않아서 얼른 일을 마무리하고 저녁에 선라이즈 세탁소에 들렀다.

가게는 열려 있었다. 평소처럼 영업하는 듯했다. 나는 엄마가 손님과 즐겁게 대화하는 모습을 멀리서 확인한 뒤, 안에 들어가지 않고 걸음을 돌렸다.

해는 거의 졌어도 아직 다섯 시경이다. 나는 해돋이 공원으로 향했다.

입구에서 치유하마 쪽을 보니, 검은 책가방을 멘 남자아이가 쪼그려 앉아 있었다.

그 뒷모습이 초등학생이던 나와 겹쳐 보였다. 가슴이 뻐근하게 뜨거워졌다.

나도 하굣길에 자주 저렇게 치유하마와 이야기를 나눴다. 뭐든 들어 주니까, 치유하마는.

짓궂은 반 친구에 대한 넋두리, 열심히 공부해서 시험에서 백 점을 맞았다는 이야기, '아버지'란 대체 뭘까, 하는 혼잣말들을.

저 남자아이에게도 치유하마는 '단짝'일까. 그러면 기
쁠 것 같다.

그 아이는 치유하마의 뒷다리를 몇 번 쓰다듬고는 벌
떡 일어섰다. 내 쪽을 향한 얼굴이 아무래도 낯익다.

같은 아파트에 사는 아이인 걸 깨달았을 때, 눈이 마
주쳤다. 나는 나도 모르게 말을 걸었다.

"아…, 어드밴스 힐에 사는…."

남자아이도 나를 알아봤는지 조금 쑥스러운 미소를
지으며 고개를 꾸벅 숙였다. 나는 어쩐지 마음이 놓여서
그 아이 옆으로 걸어갔다.

"으음, 아저씨는 5층에 사는 미조바타 카즈히코라고
해."

경계하지 않도록 자기소개를 하자, 남자아이는 작게
고개를 끄덕였다.

"저는 4층에 살아요. 타치하라 유야예요."

검고 맑은 눈동자가 나를 바라보았다.

아직, 아직 앞날이 창창하구나…, 저 아이의 삶은.

키가 부쩍 자라서 할 수 있는 일이 부쩍 늘어날 것이
다.

지금 시작하면 뭐든 될 수 있어, 유야.

"…하마랑 대화했어?"

내가 묻자, 유야는 기쁜 듯 어깨를 흔들었다.

"이름이 치유하마예요, 이 하마."

"어?"

나는 눈을 휘둥그레 떴다. 어떻게 그 이름을….

내가 놀란 나머지 뒷말을 찾지 못할 때, 유야는 치유하마의 머리에 살며시 손을 올렸다.

"엄청나요. 자기 몸에서 아픈 곳과 같은 부분을 만지면 치유된다는 전설이 있어요."

그건….

유야는 검지를 척 세우고 익살스럽게 말했다.

"그래서 사람들이 부르길…"

"치유하는 하마니까 치유하마."

나는 무심결에 유야의 목소리를 덮듯이 그 뒷말을 뱉었다.

그러자 유야는 얼굴 가득 환한 미소를 띄웠다.

"아저씨도 아는구나!"

알고말고….

그건 우리 엄마가 만든 이야기였으니까.

"유야, 그거 누구한테 들었어?"

"선라이즈 세탁소 할머니한테요. 치유하마한테 도움을 받은 사람이 저 말고도 많대요. 3층에 사는 누나도 귀가 아팠는데 내년 초에 회사로 복귀한다고 했어요."

나는 웃고 말았다.

그랬구나.

대단하다. 전설이 됐구나, 치유하마.

아마도 '선라이즈 세탁소의 단골손님'이라는 좁은 세
상에서.

나는 쪼그려 앉아 있던 유야의 뒷모습을 떠올리며 물
었다.

"다리가 아프니? 아까 만지던데."

유야는 고개를 절레절레 흔들었다.

"아니요. 그건 이미 나았어요. 내가 걸어갈 방향을 스
스로 확실히 정할 수 있게 해 달라고 가끔 쓰다듬어요."

똘똘하다. 울보였던 나와는 천지차이다.

"다리가 나아서 다행이구나."

유야는 잠시 생각하다가 이렇게 말했다.

"사람의 몸은요, 아픈 데나 다친 데가 회복돼도 예전
이랑 완전히 똑같은 상태로 돌아가지는 않는다고 치료
사 아저씨가 그랬어요."

나는 마음이 조금 괴로워졌다.

맞는 말이다. 생명체인 이상 거스를 수 없는 자연의 섭
리다.

초등학생도 이런 사실을 아는데.

이제 원래 상태로는 돌아갈 수 없다.

늙은 몸도, 집을 뛰쳐나간 이후의 관계도.

엄마도 나도 그 사실을 받아들이지 못하는 답답함에 괴로워하고 있다.

고개를 푹 숙인 나에게 유야가 이어 말했다.

"똑같은 상태로 돌아가지는 못하지만, 경험과 기억이 쌓여서 몸과 마음과 머리가 예전과 다른 자신이 되는 거래요."

예전과 다른 자신?

시야가 희미하게 밝아진 느낌이었다. 유야 옆에서 치유하마가 나를 올려다보았다. 울먹이는 눈으로 씨익 미소를 지으며.

초등학생 때와 똑같지 않더라도, 지금의 우리가 서로 마주할 방법이 있다면….

조금 더 제대로 엄마와 소통해야 하지 않을까. 설령 또다시 분위기가 얼어붙고 싸움이 일어나더라도.

이제 나는 울면서 어리광을 부리지 않고, 엄마는 나를 어린아이 대하듯 꽉 안아 주지 않는다. 당연하다. 시간이 우리를 그 시절과는 다른 우리로 이끌었으니까.

경험과 기억.

그거라면 우리 둘 다 있다. 충분하고도 남을 만큼.

나는 유야에게 "다음에 보자" 하며 한 손을 흔들고 선라이즈 세탁소로 되돌아갔다.

무슨 말을 해야 할지는 모르겠다. 지금은 그저 엄마에게 가야 한다는 생각 하나뿐이었다.

가게 앞에 쪼그려 앉은 엄마가 보였다.

또 몸이 안 좋은가 싶어서 달려가려고 하다가 곧 걸음을 멈췄다. 엄마가 어딘가 한 곳을 응시하며 부드럽게 미소 짓고 있는 걸 알아차려서였다.

먼 시선 끝에 검은 길고양이가 있었다.

가장자리가 지저분한 도자기 그릇에 담긴 캣 푸드를 먹고 있었다.

그 접시가 낯익었다. 내가 이 건물 2층에 살던 시절, 자주 식탁에 올라오던 오래된 접시였다. 그렇다면 엄마가? 일부러 캣 푸드를 사서?

온화하게 웃으며 고양이를 보는 엄마를, 나는 의아하게 바라보았다.

고양이를 싫어한다고 하지 않았나? 거짓말쟁이.

그런데 나는 그 표정을 보다가 문득 답이 떠올라서 숨을 삼켰다.

보기 위해서 멀리한다?

사실은 고양이를 좋아하는 건가.

그래서 멀리하는 건가. 그렇게 다정한 표정으로….

'할퀴고 깨물고.'

지긋지긋하다는 듯, 슬프다는 듯 그렇게 말했었다.

그렇다.

엄마는 무서운 것이다.

그 작은 발톱과 작은 이빨이.

그리고 자신은 사랑받지 못한다는 느낌이.

엄마는 애정이 가는 대상일수록 더 거리를 두는지도 모른다.

무언가를 기대하는 게 두려워서, 그리고 자신과 상대가 상처받지 않도록.

어쩌면…, 아버지와 관련해서도.

엄마가 문득 이쪽으로 고개를 들었다.

"아, 카즈히코."

나는 천천히 일어선 엄마를 향해 걸어갔다. 엄마는 이

번에는 휘청거리지 않았지만, 어쩐지 의기소침한 표정으로 이렇게 중얼거렸다.

"이제 가게 문을 닫으려고."

"벌써 시간이 그렇게 됐어?"

나는 손목시계를 확인했다. 여섯 시가 되어 가는 참이었다.

"…그 뜻이 아니라, 깔끔하게 올해 안에. 너희 앞에서 쓰러진 게 아무래도 영향이 컸어. 손님들 앞에서 그런 일이 생기는 상상을 하니까 등골이 오싹하더라."

엄마는 선라이즈 세탁소의 붉은 차양을 가만히 바라보았다.

가게 문을 닫는다. 이제 이 가게를 접겠다는 뜻일까.

내가 할 말을 잃자, 엄마는 갑자기 전원이 켜진 것처럼 평소같이 억센 말투로 이야기했다.

"걱정 마. 너희한테 짐이 되지는 않을 거야. 어느 정도 모아놓은 돈도 있어."

그 드센 목소리에 나도 정신을 차렸다.

"누가 수발든다고 했어?"

"그래, 그랬지. 그럼 난 간다."

엄마는 재빠르게 대답을 던지고 가게 미닫이문을 열었다. 나도 잽싸게 문을 붙잡았다. 의아한 표정으로 나를 보는 엄마에게서 눈을 피하며 말했다.

"아, 그…, 책을 좀 가지러 왔어."

"책?"

"응. 내 책꽂이에 있는 거. 일할 때 자료로 필요해서."

아무렇게나 지어낸 말이었다.

나는 신발 끝을 가게 안으로 쓱 집어넣었다.

엄마는 흐음, 소리를 냈을 뿐 추궁하지 않고 카운터에 들어가 정리를 시작했다.

카운터 안쪽은 작업 공간이다. 재봉 도구와 다리미판이 놓인 테이블 옆에 육중한 기계가 몸을 숨기고 있다는 사실을 나는 안다.

와이셔츠 프레스기, 얼룩 제거기, 포장기…. 과거에 활약하던 그 기계들에 크고 흰 천이 덮여 있다. 막 가게 문을 열었던 당시, 아버지와 함께 세탁부터 하청을 받아서 하던 시절의 흔적이다.

나는 잠시 머뭇거리다가 카운터 옆으로 이어지는 좁은 복도에 신발을 벗고 들어갔다. 망설일 필요가 어디 있나. 여기는 내 본가다.

그리운 공기였다. 습한 목재 냄새. 올라갈 때마다 삐걱거리는 계단. 아득한 기억이 되살아나서 무어라 표현하기 힘든 기분이었다.

2층 주거 공간에 오랜만에 발을 디뎠다.

계단을 올라가면 바로 부엌이 나온다.

전기 스위치를 누르자, 두세 번 깜빡거리다가 형광등이 켜졌다.

가스레인지 위에는 편수 냄비 하나가 놓여 있었다. 뚜껑을 열어 보니 소량의 가지 조림이 흐물흐물하게 누워 있었다. 어젯밤에 먹고 남았나 보다.

나는 꼬르륵거리는 배를 모른 체하며 뚜껑을 닫고 내 방으로 들어갔다.

그 세 평짜리 서양식 방은 시간이 멈춘 듯 그대로였다.

쥐색 커튼, 철제 책꽂이, 철제 침대. 초등학교에 들어갔을 때 엄마가 책상을 사줘서 기뻤던 기억이 난다. 나는 그 책상을 대학교 졸업 때까지 계속 썼다.

발행일마다 샀던 만화 잡지 《루카스》가 눈에 띄어서 손을 뻗으려다가 문득 깨달았다.

책꽂이에 먼지가 없다. 내가 집을 나간 게 언제 적 일인데.

…여기를 항상 청소하고 있었던 거야, 엄마?

아래에서 덜컹덜컹, 하고 가게 셔터를 내리는 소리가 들렸다.

잠시 후, 엄마가 2층으로 올라오는 발소리가 났다. 예전처럼 빠르거나 경쾌하지 않고, 터벅, 터벅, 한 걸음씩 천천히 내딛는 소리였다.

《루카스》를 한 권 뽑아서 부엌을 끼고 반대쪽에 있는 거실로 향했다.

거기는 내가 기억하는 모습과 사뭇 달랐다.

우선 입구 근처에 처음 보는 황록색 소파가 놓여 있었다. 튀어나온 팔걸이가 걸리적거려서 지나다니기 힘들었다. 이렇게 큰 가구를 왜 여기에….

중앙에 코타츠 일본식 난방 기구. 테이블 밑에 난로를 두고 위에는 이불을 덮어서 따뜻하게 한다.

가 있어서 방이 더 좁았다. 코타츠 자체는 예전과 똑같았지만, 위에 덮인 이불은 처음 보는 격자무늬다. 소파 앞에 설치된 TV도 브라운관이 아니라 얇은 액정 TV였다.

"춥네. 지긋지긋해, 정말."

엄마가 팔을 비비며 나타나서 코타츠 전원을 켰다.

몸은 괜찮아?

그렇게 묻고 싶었건만 나는 다른 말을 뱉었다.

"이 소파는 뭐야?"

"아, 그거. 우리 대각선 앞쪽에 살던 미치에다 씨가 이사할 때 필요 없다면서 거기에 갖다 놔 줬어."

"이 집에는 너무 크지 않아? 거실에 들어올 때 걸리적거리잖아."

"몸을 옆으로 틀어서 들어오면 돼."

쌀쌀맞은 대답에 나는 "아, 그래"라고 답할 수밖에 없었다.

이상한 침묵이 생기자, 엄마가 코타츠 이불 속에 다리를 넣었다. 차를 내올 마음은 없어 보였지만, 내가 돌아가기를 바라는 분위기도 아니었다.

나는 소파에 앉았다. 앉는 느낌이 좋았다. 품질은 좋은가 보다.

"…책이 그거야?"

엄마의 말에 나는 손에 든 《루카스》에 시선을 떨어뜨렸다.

"응? 아아, 응."

엄마는 빈정거리듯 웃었다.

"좋아했지, 그거. 열심히 책 읽는 줄 알았는데 알고 보니 만화책이었어."

"만화책도 엄연한 책이야."

그렇게 반박하면서 타카오카를 떠올렸다.

사실 《루카스》는 우리 출판사에서 내는 잡지다. 내가 편집자가 되려고 영성사 면접을 본 이유 중 하나이기도

했다. 이렇게 훌륭한 만화 잡지를 내는 출판사에서 일해 보고 싶었다.

처음부터 만화가 아닌 정보지 편집을 희망했지만, 좋아해 마지않는 만화가를 만날 수 있을지도 모른다고, 정보지라면 어떤 형태로든 같이 일하게 될지도 모른다고 생각했다. 유명한 작가가 아닐수록 팬으로서 묻고 싶은 것이 많았고, 그 매력을 내 손으로 세상에 알리겠다는 소망도 가슴속에 넘쳐흘렀다.

그런데 그 방향성이 어느샌가 다른 쪽으로 뻗어 나간 느낌이다.

일에 빠져들수록, 내가 좋다고 여기는 정보가 아니라 최신 뉴스를 하루빨리 캐치하고 사람들의 욕구를 파악하는 것을 최우선으로 생각하게 되었다. 그다지 좋은 점을 모르겠어도 '요즘 화제'라는 이유로 다룬 콘텐츠가 많았다. 물론 비즈니스니까 그게 잘못됐다고 할 수는 없다. 하지만….

책을 펼칠 때 느껴지던 두근거림이 순수하지 않아진 것은 분명했다.

'편집자가 뜨거운 열정을 품지 않으면, 좋은 기사가 안 나오잖아요.'

타카오카의 말이 떠올랐다.

나는 지금 타카오카 같은 열정으로 페이지를 만들고
있나.

간사한 사람은 나였을지도 모른다. 그 열정을 잊고, 잃
고서.

"잠깐 화장실 좀."

엄마가 테이블에 두 손을 짚고 코타츠에서 빠져나갔
다.

걸음걸이에는 흔들림이 없었지만, 거실 입구에서 벽에
살짝 손을 짚었다.

"괜찮아?"

"괜찮아."

즉시 대답한 엄마는 얼굴을 조금 내 쪽으로 돌렸다.

"외아들이라고 책임감 느낄 필요 없어."

"…어?"

"네가 노력가인 건 내가 제일 잘 알아. 잘 돌봐 주지도
못했고 속상하게 한 적도 많았을 텐데, 이런 너절한 집
에서 용케 성공했잖아. 네 발목 잡는 건 죽기보다 싫어."

아주 살짝 미소를 띤 엄마의 표정을 보자, 마음속이
삐걱삐걱 소리를 냈다.

아니. 아니다.

나는 이 집이 싫었던 게 아니다. 엄마를 미워한 게 아

니다.

나도 엄마가 얼마나 많은 것을 짊어지며 나를 키웠는지, 얼마나 나를 격려하고 지지해 줬는지 똑똑히 안다. 기억한다.

다만, 그저 능숙하게 전하지 못할 뿐이다.

엄마는 방을 나서기 직전에 나를 등지며 말했다.

"그러니까 이제 각자 좋을 대로 하면 돼. 그렇게 하자."

나는 아무 말도 하지 못한 채 다시 거실을 빙 둘러보았다.

소파 옆에는 창가 방향으로 3단 책장 두 개가 나란히 서 있었다. 자질구레한 물건들, 책들이 너저분하게 놓여 있다.

이 책장이 놓인 위치도 소파가 튀어나오게 하는 데 한몫하는 듯했다.

책장에 무엇이 있는지 살펴보다가 나는 무심코 "어?"라고 소리를 높였다.

창가 쪽 책장의 아래 두 단에 빽빽이 늘어선 잡지.

《래프터》였다.

가장 끝에 있는 한 권을 조심스레 뺐다. 추억이 되살아나는 표지. 내가 편집장으로서 처음 작업한 창간호다.

나는 엄마에게 내 일과 관련된 이야기를 거의 하지 않

왔다. 편집장이 된 것도, 《래프터》 편집부 소속이라는 것도 알리지 않았다.

엄마가 판권 페이지에 적힌 이름까지 살펴보고 잡지를 샀을 것 같지는 않다. 우연히 《래프터》의 열렬한 팬이었다고 생각하기도 어렵다.

화장실에서 물 내리는 소리가 나서 나는 황급히 잡지를 원래 있던 자리에 꽂아 넣었다.

그런데 서두르는 바람에 위에 있던 캔이 떨어졌다. 그 안에 들어 있던 개별 포장된 사탕이 바닥에 후드득 흩뿌려졌다.

어릴 때 내가 좋아하던 벌꿀 사탕이었다. 내가 풀이 죽어 있으면 엄마는 위로하는 기색도 없이 그저 "영양가가 있으니 먹어" 하며 벌꿀 사탕을 입안에 던져 넣어 줬다. 혹시 엄마도 요즘 기댈 데가 없는 느낌일 때 이걸 먹는 걸까…?

그런 생각을 하면서 줍고 있는데, 엄마가 화장실에서 나와 버렸다. 책장 앞에서 사탕을 줍는 내가 눈앞에 있는 《래프터》를 봤다는 사실을 엄마도 알아차렸을 것이다.

엄마, 나 이 잡지 편집장이야.

알고 있었어?

그걸 알고 이렇게 오래전부터 읽어 주고 전부 모아 둔 거야?

가볍게 말할 수 있으면 좋을 텐데.

엄마도 "읽고 있다"고, 아무렇지 않게 말해 줬으면 좋았을 텐데.

간단하지 않나.

하지만 간단해서 오히려 힘들다는 것도 서로 잘 안다.

"아, 떨어뜨렸어? 정말 덜렁댄다니까."

엄마는 그렇게 말하며 창가로 가서 커튼을 젖히고 밖을 내다보았다.

"벌써 올해도 끝이구나."

나는 "그러게"라고 짧게 대답했다.

한 해의 마지막 날 정도는 같이 보내자는 말을 삼키며.

귀가 후, 저녁을 먹으면서 엄마의 상태를 이야기하자, 미야코가 중얼거렸다.

"…걱정이네."

"역시 일을 계속하기는 힘들겠지. 가게 정리는 불가피한 결단이야."

"그런가?"

"응?"

"일, 이라고 할 수 있나."

미야코가 젓가락을 내려놓고 천천히 말했다.

"선라이즈 세탁소는 어머님의 공간이야. 이렇게 급작스럽게 없애 버려도 될까?"

"그렇다고 몸이 아픈데 계속하라고 할 수는 없잖아. 우리가 도와주려고 해도 절대 못 하게 하고."

식사를 마친 미야코는 그릇을 설거지통에 넣더니, 바닥에 발라당 누워서 털을 손질하는 차오에게 다가갔다.

"나는 차오와 함께 살면서 절실히 깨달았어."

미야코는 차오를 쓰다듬으며 말을 이었다.

"주는 것뿐만 아니라 받는 것도 애정이야. 상대를 믿고 그저 어리광을 부리는 애정. 어른이 될수록 그런 게 더 어려워지지만."

미야코가 문득 고개를 들었다.

"여보, 지금 어머님께 가자."

"지금?"

오후 여덟 시가 넘었다. 아직 잘 시간은 아니지만, 지금까지 별다른 왕래도 없었는데 느닷없이 찾아가기에는 부담스럽다.

"어머님이 각자 좋을 대로 하자고 하셨다며? 그러니까

나는 나 좋을 대로 할래."

미야코는 나를 응시했다.

"어머님을 뵙고 싶어. 지금 당장."

그 눈은 다부지게 빛났고, 아무런 탁함이 없었다. 내 마음도 각성한 듯 움직였다.

"…알았어."

나는 차를 단숨에 마시고 대답했다.

"나도 나 좋을 대로 할래."

우리는 선라이즈 세탁소 앞에 도착해서 뒷문으로 돌아갔다. 2층에는 아직 불이 들어와 있었다.

수중에 열쇠가 있어서 들어갈 수는 있지만 일단 초인종을 눌렀다.

엄마가 2층에서 내려오는 것 같았다. 잠시 침묵이 흐른 뒤 문 너머에서 "누구요?" 하는 퉁명스러운 목소리가 났다. 문에 달린 도어 스코프로 보일 텐데, 알면서도 모르는 체를 한다.

"나야."

그렇게 대답하자, 문이 열리며 엄마가 찡그린 얼굴로 나타났다.

"잘난 아드님이시네. 뭐 놓고 갔어?"

"…뭐, 비슷해."

나와 미야코의 얼굴을 번갈아 보다가 엄마는 문에서 몸을 물렸다. 들어오라는 뜻인 듯했다.

엄마는 우리를 거실에 들이고 코타츠에 다리를 넣었다.

TV에서는 뉴스가 나오고 있었다.

"잠깐 일기 예보만 마저 볼게. 손님 수에 영향을 미치거든."

나와 미야코는 어쩌다 보니 코타츠에 들어가지 않고 소파에 나란히 앉았다.

아홉 시 전에 하는 날씨 코너가 여유롭게 흘러나왔다. 내일 날씨는 흐리고 가끔 맑음. 아침저녁은 차가운 공기를 동반한 기압의 영향으로 기온이 떨어지니 추위에 주의.

예보를 마친 기상 예보관이 예의 바르게 인사하자마자 나는 단도직입적으로 말했다. 직설적으로 말하지 않으면 첫발을 떼지 못할 것 같았다.

"저기, 가게를 접는다는 얘기 말인데."

엄마는 입을 다문 채 TV에서 눈을 떼지 않았다.

"정말 그래도 괜찮겠어?"

"…너랑은 상관없잖아."

"하지만 지금도 손님이 얼마나 올지 신경 쓰면서 가게를 걱정하잖아."

"그야 내일은 영업하니까."

"엄마만 괜찮으면 우리…."

"됐어! 이제 가게에 서기 싫어!"

엄마는 말을 자르듯 외치고 리모컨으로 TV를 껐다.

그리고 참다못한 듯 목소리를 떨었다.

"이렇게 늙어 빠진 나를…, 이렇게 나약한 나를 손님들한테 보여 주기 싫어."

엄마가.

엄마가 아주아주 작아 보였다.

나는 나도 모르게 일어나서 엄마 옆으로 달려갈 뻔했다. 하지만 그러지 못했다. 거절이 두려운 것은 나도 마찬가지였다.

순간 고요해진 방 안에서 미야코가 입을 열었다.

"아니에요."

딱딱하게 굳은 공기에 작은 틈이 생겼다.

"어머님의 나약함은 그게 아니에요."

엄마가 눈썹을 움찔했다. 미야코는 조용하지만 깅한 목소리로 말했다.

"어머님의 나약함은 나이도, 몸이 아픈 것도 아니에요. 강한 척하려고 힘듦과 외로움을 말하지 않는 거예요."

정곡을 찔렸다.

미야코의 단호한 목소리에.

엄마는 당황한 기색을 보이면서도 입을 삐죽였다.

"그런 식으로 남의 마음속에 함부로 비집고 들어오지 마."

"함부로 비집고 들어갈 거예요. 어머님이랑은 오래된 사이니까요."

오래된 사이?

나는 어리둥절했지만, 엄마는 코타츠 테이블 구석으로 시선을 내리며 휴우 하고 큰 한숨을 쉬었다.

"…하긴, 그렇지."

그리고 체념한 듯 웃었다.

그렇다고?

무슨 소리지?

"너희가 결혼하고부터 한 달에 한 번은 네가 셔츠랑 담요를 챙겨서 우리 가게에 왔으니까."

미야코는 온화하게 미소 지었다.

…몰랐다.

결혼하고부터였다면 벌써 20년도 넘었다.

미야코가 나에게 아무 말도 하지 않고 전철을 타면서까지 이 가게에 왔었다는 말인가?

엄마를 살펴보려고, 관계를 이어 가려고, 빨랫감을 들고서.

그때 번뜩이듯 어떤 생각이 떠올랐다.

내가 작업한 창간호부터 죽 모여 있던 《래프터》. 알려 준 사람이 미야코였나.

"손님이라 매몰차게 대할 수 없었어."

엄마는 쓸쓸하게 웃으면서 이마에 손을 댔다.

나는…, 나는 무려 20년간 줄곧 선라이즈 세탁소에서 깔끔하게 손질한 셔츠를 입고 포근하게 관리한 담요를 덮은 채 잠을 잤다는 뜻인가.

"저는 여러 단골손님 중 한 명이니까요."

미야코가 웃었다.

엄마는 시선을 조금 멀리 던지며 길고양이를 보던 때와 똑같은 부드러운 표정을 지었다. 지금까지 가게에 와 주었던 손님들을 떠올리는 듯했다.

"일은 말이야, 적절한 장소에서 계속하다 보면 돈이 오가는 것 이상의 무언가가 생겨나. 사람과 사람이 만들어 내는 무언가가 있어. 만날 수 있고 대화할 수 있는 것 자체가 좋아져서, 결국 어느 지점에 다다르면 돈을 뛰어넘게 되지. …익숙한 얼굴이 늘어나고, 이 가게는 매일 열려 있어서 편하다, 할머니가 항상 있어 줘서 든든하다는 이야기를 들으니까 그 덕에 오랫동안 힘을 낼 수 있었어. 나는 항상 여기에 건강하게 있어야 한다는 생각에 언제까지 일할 수 있나 도전하는 마음이 생겼나 봐."

엄마는 어깨를 살짝 으쓱였다.

"그래서 더더욱 그나마 몸이 움직이는 지금 떠나는 것도 나쁘지 않겠다 싶어. 사람들의 기억 속에 건강한 나로 남도록. 네 말마따나 나는 강한 척하고 싶었나 보다."

엄마는 거기까지 말하고 고개를 푹 숙였다.

"하지만 이제 물러날 때가 됐어. 이렇게 좋아하는 일을 힘들다고 생각하는 게 힘들어."

미야코는 벽 후크에 걸린 엄마의 겉옷에 잠시 시선을 던졌다. 잎사귀 자수가 놓인 회색 코트였다.

"어머님, 도전도 대단하지만, 보완도 멋지지 않아요?"

"응?"

"계속 똑같이 유지하는 게 아니라, 조금씩 손을 봐서 전보다 훨씬 좋아지게 하는 거예요. 우선 정기 휴일을 만들어요. 80대한테든 20대한테든 똑같고 당연해요. 열심히 일하려면 열심히 쉬어야 해요."

엄마가 야단맞은 아이처럼 아랫입술을 비죽 내밀었다.

하지만 거기에는 안도의 기운이 배어 있었다.

"그리고…, 제 손을 빌려드릴 테니까 써 주세요. 가게에서든, 집에서든."

미야코는 한쪽 팔을 살짝 들었다.

엄마가 나를 올려다보았다. 눈치를 보듯이. 나는 그저 크게 고개를 끄덕였다.

받아 줘요, 엄마.

우리의 마음을.

그게 지금의 내가 바라는 엄마의 애정이니까.

엄마가 풋 하고 웃음을 흘렸다.

"…미야코의 손이 고양이만큼은 도움이 되려나?"

여전히 밉살스러운 말투다. 하지만 그 눈가가 희미하게 젖어 있었다.

미야코는 "최선을 다할게요" 하며 웃고는 산뜻하게 이렇게 말했다.

"괜찮아요. 조금 쉬면 어머님은 틀림없이 다시 가게에 서고 싶어지실 거예요."

며칠 후, 컴퓨터 앞에 앉은 타카오카를 불렀다.

타카오카는 손을 멈추고 내 자리로 왔다.

나는 며칠 전에 타카오카가 제출한 '스나가와 료 특집'

기획서를 손에 들고 말했다.

"이거 잘 만들었더라. 조금만 수정해서 진행하자."

타카오카의 얼굴이 확 환해지더니 곧 붉어졌다.

"…네! 감사합니다."

사실은 눈이 휘둥그레질 만한 기획서였다. 인기라서, 화제라서, 가 아니라 타카오카가 이 만화가를 얼마나 사랑하고 얼마나 독자에게 알려주고 싶어 하는지가 느껴졌다.

나는 서랍에서 책 한 권을 꺼냈다.

"아까 만화 편집부에서 받아 왔어. 《블랙 맨홀》 신간 견본이야. 갓 나왔어."

"와아, 진짜요?! 아, 물론 따로 예약은 해 뒀지만!"

타카오카는 만화책을 들고 신나게 표지를 바라보다가 멀찍이 밀며 거리를 두었다.

띠지에 적힌 자그마한 글자를 읽으려고 하는 그 몸짓이 나와 비슷해서 놀라자, 타카오카는 태연하게 말했다.

"아, 저도 노안이에요. 원래는 이중 초점 콘택트렌즈를 끼는데, 잠깐 결막염이 생겨서 오늘은 맨눈이에요."

"노안? 너 아직 젊잖아."

"요즘은 초등학생 중에도 꽤 있어요. 디지털 시대라서 늘고 있어요. 스마트폰 노안이요."

"그래?"라고 맞장구를 치면서, 며칠 전 타카오카가 "노안이세요?" 하며 웃던 순간을 떠올렸다. 그것은 나를 노인 취급하며 깔보는 행동이 아니었다. 오히려 동질감이었다.

마음이 누그러든 나는 대화를 이어 갔다.

"이중 초점 콘택트렌즈, 나도 예전에 써 보려고 했는데 먼 곳이랑 가까운 곳이 다 뿌옇게 보이더라."

"그거 원거리 중심이었어요, 근거리 중심이었어요?"

"어…? 뭐였지?"

6년도 더 된 일이라 그런 분류가 있었는지도 확실하지 않았다.

"제가 쓰는 건 근거리 중심인데, 원고 글자를 보기에는 그게 좋아요."

"…그래?"

내가 말끝을 흐리자, 타카오카는 눈치챈 듯 설명을 시작했다.

"지난 몇 년 사이에 콘택트렌즈가 엄청나게 발전했어요. 원시랑 근시 구역이 나뉘어 있는 것도 있고, 나무의 나이테처럼 도수가 다중으로 분포된 것도 있고, 다양해요. 얼마 전까지는 이렇게 종류가 많지 않았고 정보도 적었으니까 자기한테 안 맞는 줄 알고 익숙해지기 전에 포기해 버리는 사람이 많았을 거예요."

그렇구나.

다양한 눈 상태에 맞는 렌즈가 늘고 있다는 뜻인가….

다시 시도해 볼까. 그런 의지가 솟아서 어쩐지 마음이 가벼워졌다.

타카오카는 수다스러워졌다.

"근데 어떻게 보이는지는 결국 눈이 아니라 뇌가 판단하는 거래요."

"뇌?"

"예를 들어서 방충망 너머 베란다에 양동이가 있다고 해볼게요. 양동이를 보려고 하면 거기에 초점이 맞고, 눈앞에 있는 방충망은 사라지잖아요. 그리고 방충망을 보려고 하면 자잘한 격자무늬가 나타나죠. 그러면 양동이는 시야에서, 아니, 극단적으로 말하면 머리에서 사라져요. 인간은 결국 보고 싶은 걸 보고 싶은 만큼만 보는 거예요."

"정말 제멋대로네."

내가 내 몸을 되돌아보며 웃자, 타카오카가 말했다.

"그래도 되지 않아요? 뭐가 중요하고 필요한지를 그때마다 선택하며 산다는 뜻이잖아요. 모든 걸 뚜렷하게 보려고 하면 그게 오히려 오만이에요."

…그렇다.

슬프게도 노안은 원상태로 되돌릴 수 없다. 노화를 거스를 수는 없다.

하지만 보완은 가능할지도 모른다.

새로운 아이템과…, 소중한 단짝과 아군이 함께한다면.

변해 가는 상황을 받아들이고 적응해 가는, 그런 형태의 회복도 있다.

맑게 갠 토요일, 나는 미야코와 함께 선라이즈 세탁소로 향했다.

둘이서 이른 점심을 먹고 오후에 엄마를 도우러 가기로 했다. 미야코 혼자 가지 않고 내가 동행하는 이유는 가구를 옮기기 위해서였다. 걸리적거리던 그 소파는 디자인과 질이 모두 좋았다. 엄마가 잠깐 눈을 붙이기에도 편할 듯했다. 좋지 않은 것은 그저 놓인 위치 하나뿐이었다.

그러고 보니 부엌 형광등도 꺼질락 말락 했다. 천장 전등을 엄마가 교체하기는 틀림없이 어려울 것이다. 오늘 전구 모양을 확인하기로 마음먹었다.

지금은 이렇게―.

조금씩 유연하게 왕래할 수 있게 해 나가자. 같이 살지 말지는 지금 당장 확정하지 않아도 된다. 거리를 두면서 다가가는 것도 서로 '보완'하는 과정이다.

내 옆에서 미야코가 말했다.

"맛있었지? 오코노미야키 오랜만에 먹었네."

동네에 있는 '오코노미야키 닛코'라는 가게의 평판이 좋아서 방금 같이 다녀왔다. 일하는 사람이 모두 밝아서 기분이 좋았다. 고등학생으로 보이는 곱슬머리 여자아이 가 아주 즐겁게 일하는 모습이 인상적이었다. 그 아이가 "카나토, 물 부탁해!" 하며 부른 남자아이도 또래 같았 다.

약속 시간까지 아직 조금 남았다.

"잠깐 어디 좀 들렀다 갈래?"

내가 미야코를 데리고 간 곳은 해돋이 공원이었다.

지금껏 아무에게도 말하지 못한, 어린 시절의 아픔이 남아 있는 장소에 드디어 미야코를 데리고 가고 싶어졌 다.

석판 앞에서 알록달록한 목도리를 두른 자세 좋은 여 자와 마주쳤다.

"아, 미야코 씨. 안녕하세요."

여자가 말을 걸자, 미야코가 고갯짓으로 인사했다.

"어머, 오늘은 혼자예요? 미즈호는요?"

"네. 지금 출근하거든요."

여자는 기분 좋은 미소를 남기고 공원을 떠났다.

"아는 사람이야?"

"2층에 사는 히무라 사와 씨야. 파트타임으로 부티크에서 일한대."

같은 아파트에 살면서 아직 대화도 못 해본 사람이 많다.

하지만 모르는 사람들이 저마다 다른 생각을 품고 같은 지붕 아래에서 산다고 생각하니, 마음이 조금 훈훈해졌다.

그래도 나도 어드밴스 힐에 친구가 한 명 있다.

나는 유야의 얼굴을 떠올리면서 마음속으로 의기양양하게 중얼거렸다.

그리고 그네 옆으로 미야코를 이끌어서 치유하마를 '소개'했다.

"어릴 때부터 친하게 지낸 내 단짝이야."

"어머, 그래?"

미야코는 활짝 웃으며 치유하마와 눈을 맞추듯 허리를 굽혔다.

신기했다. 지금까지는 괴로움을 참으며 힘겹게 웃는 것 같던 치유하마가 조금 쑥스러운 듯 씨익 하고 행복한 미소를 짓는 것처럼 보였다.

사람은 역시 보고 싶은 걸 보고 싶은 만큼만 보나 보다.

나는 그렇게 생각하면서 치유하마 앞에 쪼그려 앉았다.

칠이 벗겨진 몸. 여기저기 파인 자국, 무수한 흠집.

그 어떤 강한 비바람이 몰아쳐 와도 너는 계속 여기 있었구나.

많은 사람이 너를 만지고 갔구나.

그 모습에 자기 자신을 투영하면서.

너는 그 눈으로 다양한 사람들의 다양한 생각을, 지켜 봤겠구나.

세월이 느껴지는 낡은 정취가 무척이나 사랑스러웠다.

그리고 나는 진심으로 절감했다.

치유하마가 이렇게 멋진 모습을 띠기까지 겪어 온 길고 긴 시간을.

공원을 나서려고 걸음을 뗐을 때, 미야코가 자신의 많은 머리채를 쥐고 머리끝을 코에 가져갔다.

"아아, 머리카락에 오코노미야키 냄새 뱄어. 어머님이

싫어하시겠다."

"그래?"

나는 냄새를 맡아서 확인하려고 미야코에게 얼굴을 들이밀었다.

그 순간, 미야코는 잽싸게 뒷걸음질 쳤다.

"이렇게 밝은 대낮에 너무 가까이서 보지 마. 요즘 기미랑 주름이 엄청 생겼어."

미야코는 한 손으로 얼굴을 덮어 가렸다.

나는 그 손을 무심코 쥐었다. 미야코가 "어?" 하며 눈을 휘둥그레 떴다.

내가 미야코를, 미야코가 나를, 만진다.

같이 해를 거듭해 온 든든한 단짝. 앞으로도 계속 함께할 것이다.

"나한테는 그런 거 안 보여."

정말이다.

나의 초점은 그런 곳에 있지 않다.

그리고 지금의 나에게 이 세상은, 다가갈수록 포근하고 아름다웠다.

옮긴이 권하영

한국외국어대학교 일본어통번역학과를 졸업하고, 이화여자대학교 통역번역대학원에서 한일번역을 전공하였다. 번역작으로《전남친의 유언장》,《루팡의 딸2》,《루팡의 딸3》,《루팡의 딸4》,《루팡의 딸5》,《내가 나를 버린 날》,《9번째 18살을 맞이하는 너와》,《치유를 파는 찻집》,《시간을 잇는 선술집》등이 있다.

쓰담쓰담
치유하마
놀이터

발행처 아이아키텍트 주식회사
발행인 문성원
초판 2024년 6월 10일 1쇄
저자 아오야마 미치코
옮긴이 권하영 **편집** 임지은 **총괄** 나다연
ISBN 979-11-93324-20-2 03830

임프린트 북플라자
주소 서울시 강남구 학동로 329 북플라자 타워
홈페이지 www.bookplaza.co.kr
북플라자는 아이아키텍트 주식회사가 만든 출판 브랜드입니다.
소설OST는 음원 플랫폼에서 소설 제목 또는 페이지뮤직을 검색하면 들을 수 있습니다.

영화 판권, 오탈자 제보 등 기타 문의사항은 book.plaza@hanmail.net으로 보내주세요.
잘못된 책은 구입하신 서점에서 교환해 드립니다.